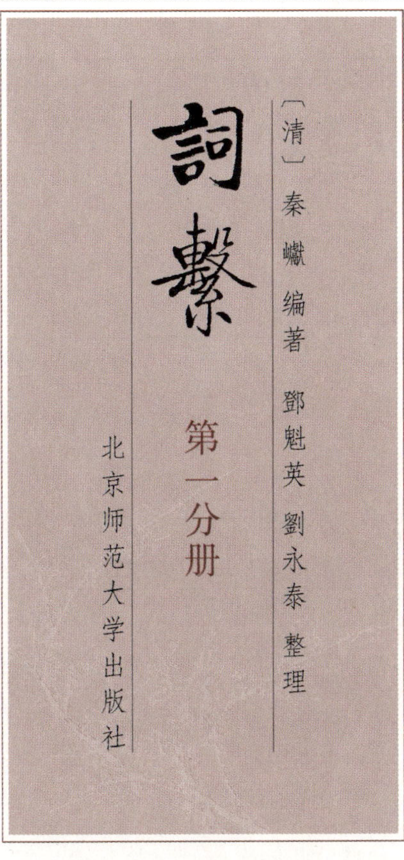

匯例詞牌總譜

汇例词牌总谱

图书在版编目(CIP)数据

词系／（清）秦巘编著；邓魁英，刘永泰整理.—2版.—北京：北京师范大学出版社，2010.6
ISBN 978-7-303-03052-1

Ⅰ. ①词… Ⅱ. ①秦… ②邓… ③刘… Ⅲ. ①词（文学）–文学研究–中国–古代 Ⅳ. ①I207.23

中国版本图书馆CIP数据核字（2010）第047625号

营销中心电话 010-58802181 58808006
北师大出版社高等教育分社网 http://gaojiao.bnup.com.cn
电子信箱 beishida168@126.com

出版发行：北京师范大学出版社 www.bnup.com.cn
北京新街口外大街19号
邮政编码：100875
印 刷：北京盛通印刷股份有限公司
经 销：全国新华书店
开 本：170 mm × 260 mm
印 张：91.5
字 数：1220千字
版 次：2010年6月第2版
印 次：2010年6月第1次印刷
定 价：360.00元

策划编辑：李 强 陶 虹 责任编辑：陶 虹 李 强
美术编辑：李 强 装帧设计：李 强
责任校对：李 菡 责任印制：李 丽

詞繫總目

序

唐圭璋

清代秦恩復（一七六〇—一八四三）家藏書萬卷，多罕見之珍本。道光間，校刻《詞學叢書》六種，其中有宋人趙聞禮所選《陽春白雪》，前所未見，尤爲珍貴。時陶梁曾據以著《詞綜補遺》一書，以補朱彝尊《詞綜》之遺。其子巘，字玉生，曾輯《詞繫》二十四卷。五十年前，夏承燾先生曾接程善之惠寄《詞繫》凡例一册，謂此書乃詞譜類，都數十萬言。又云，其書以六朝及唐樂府爲詩變詞之樞紐，另列卷首一卷，後附《宫譜録要》一卷，《逸調備考》一卷，《詞名匯辨》一卷，《詞旨叢説》二卷，其論宫調及列調，以時代爲次，此二點即大勝《詞律》，並托榆生謀之付印，然因故未能如願。嗣後此鴻篇巨帙，歷經滄桑，湮没無聞，世人以爲不復存在於天壤之間。詎料數十年後竟發現在北京師範大學圖書館珍藏，真乃詞林之幸也。承鄧魁英先生函告并蒙賜復印《詞繫》凡例，予始知是書爲江都秦巘玉生所編。玉生乃恩復之子，治詞有家學淵源，故書中所指紅友《詞律》之缺失，「如宫調不明，竟無一語論及，其缺一；調下不載原題，幾不知詞意所在，其缺二；專以汲古閣六十家詞、《詞綜》爲主，他書未經寓目，憑虚擬議，其缺三；

調名遺漏甚多，其缺四。不論宮調，專以字數比較，是爲舍本逐末，其失一；所録之詞，任意取擇，未爲定式，其失二；調名原多歧出，務欲歸併，而考據不詳，顛倒時代，反賓爲主，其失三；所選之本不精，字句訛謬，全憑臆度，其失四；前后段字數，必欲比同，甚至改换字句以牽合，殊涉穿鑿，其失五；圖譜等書，原多可議，嘵嘵辯論，未免太煩，其失六。」上述論析頗爲細密精當。兹編即以《詞律》爲藍本，於其缺者增補，訛者糾正，確可彌補萬氏之遺憾。據此可知是書之學術價值。然原稿係抄本，凡例勾畫甚多，且夾雜詞話，與所收詞調之意圖不一，誠爲憾事。鄧君有志於此，悉心校訂、整理，排印出版，使海内孤本重見天日，俾便廣大讀者從中獲得更多詞學知識，實有貢獻於詞苑云。

一九八八年四月
時年八十有八

關於秦巘的《詞繫》未刊稿（代序）

鄧魁英

《詞繫》的得而復失和失而復得

《詞繫》是一部未刊稿，編者是清人秦巘。要弄清它的得而復失和失而復得，還需從半個世紀前詞學前輩們的一段往事説起。在夏承燾先生的《天風閣學詞日記》中可以看到對這段往事比較翔實的記載。爲了説明這部《詞繫》怎樣受到詞學家們的重視，有必要在這裡對夏先生的日記作一些摘録：

一九三一年九月六日，任二北先生寫信給夏先生説：「秦敦復有詞例稿本，後人尚保存（詞譜），可赴揚州覓熟人介紹。」

十一月十三日，夏先生寫信給趙叔雍，告知《詞例》稿本在揚州。

十一月十八日，「接叔雍復，托求揚州秦恩復詞例」。「復善之函，托問秦恩復詞例詳情。」

十二月十日，「接程善之信，謂秦恩復書名詞繫，其後人不肯出借。書甚繁重，他日當設法。」

一九三二年九月二十五日，「接程善之復，謂秦敦復家近凋落已甚，後人有名動南者，與善之有師弟誼，今則長逝，其族人無賴，盡劫遺書以去，詞繫已無從詢訪矣。」

一九三四年十二月五日，「接程善之函」，告知已見到詞繫。

一九三五年一月四日，「接善之先生片，謂將寄秦氏詞繫凡例來。」十二月十二日，「復程善之函，問秦敦夫詞繫體例如何？」

一月八日，「接善之函，寄秦玉生詞繫凡例一冊。玉生乃敦夫子，書是詞譜，作於道光間，共二十四卷，都數十萬言，以時代爲次，首列宫調，次考調名，次叙本事，次辨體裁，末附按語。謂紅友詞律有四缺：一、不論宫調。二、不載原題。三、見書不多。四、調名多遺漏。又有六失：一、不論宫調，專以字數比較，爲舍本逐末。二、所録之詞，任意取擇，未爲定式。三、調名原多歧出，務欲歸併，而考據不詳，反賓爲主。四、所據非佳本，字句多訛。五、必欲比同上下片字數，甚至改换字數以牽合。六、辨圖譜之誤，文多費辭。又其書以六朝及唐樂府爲詩變詞之樞紐，另列卷首爲一卷，後附宫調録要一卷（統論音律者），逸調備考一卷，調名匯辨一卷（辨名同調異者），詞旨叢説二卷（選論取語），其論宫調及列調，以時代爲次，此二點即大勝詞律。唯尚有數缺憾：去四聲并叶者，謂是曲體，不知金道士詞，此種甚多，此其一。不録俳體，此其二。其時彊村叢書未出，見書不全，此其三。秦氏後人字午樓者，欲付刊而無力，囑介紹滬上書局，當托榆生謀之。」

一月十一日，「發榆生片，告善之寄詞繫凡例。」

一月二十五日，夏先生將詞繫凡例寄給龍榆生先生看。

二月二日，與龍榆生、程善之書信往復，「言詞繫付印事。」「發叔雍函，告詞繫消息。」

二月八日，「接叔雍復，囑代買詞繫。允一、二年内印行，且送秦氏後人數十部。」

二月十三日，「接叔雍函，問詞繫買價。」

二月二十日，「接善之函，謂詞繫之交涉，終歸失敗。秦氏後人，意在名利雙收，吞吐其辭，以相鈎距，囑即寄還凡例」。

二月二十一日「發榆生片。問詞繫接洽得當否？」

三月一日，夏先生接到龍榆生寄還的詞繫凡例。

三月四日，「接叔雍北平協和醫院函，言詞繫事，謂不能出巨款爲人作子孫。」于是夏先生只好「以詞繫凡例郵還善之先生。」

六月五日，「接善之先生函，謂秦氏後人懼外人照凡例編書。」

自一九三一年至一九三五年四年多的時間，在夏先生的日記裡有關《詞繫》未刊稿的記載，共有近二十則之多。從記載中可以看到夏先生和任二北、龍榆生、趙叔雍等詞學家曾爲尋覓《詞繫》而操勞。最初他們對書名和作者還了解得不確切，但因傳説是秦恩復所作，便已引起了他們的注意。當他們知道了《詞繫》的下落，并借得一冊《凡例》之後，更高興得奔走相告，輾轉傳閲，并積極地接洽書局，準備將全稿付印，以饗詞學研究者。可是後來，在揚州方面的交涉終歸失敗，他們的願望竟然未能實現。從那時以後，秦巘的《詞繫》稿本便再無人問津，因而半個世紀來一直湮沒無聞。

秦巘的《詞繫》稿本現由我校圖書館珍藏。至於它這半個世紀以來的遭遇如何，是怎樣由揚州轉移到北京的，又是什麼時候被我校圖書館采購進來的，則因年深日久，已無從查詢！

一九八三年，唐圭璋先生從我校館藏《中文古籍善本書目》中發現了《詞繫》稿本的踪跡，讓我查閱這本書稿的內容，我才了解到我校圖書館居然還有這樣一部海内外僅存的未刊稿，真是個稀罕之物！我翻閱之後，根據「凡例」寫信給唐先生做了一些介紹。先生回信説：「看來全稿二十四冊，分量繁重，其間當有不少資料可供研究。但我無力問津，亦不復再欲勞神。」唐先生的話引起我對《詞繫》稿本的重視，并動了整理它的念頭。當我把這一想法告訴給唐先生時，他很贊成，寫了一封論詞的長信給我。信中説：

「我以爲整理《詞繫》的稿本問世有價值，有必要」，又説：「我完全同意發掘舊稿，整理古籍，昔賢心血，不致湮没，也是一件極有意義的事。」唐先生還説他打算招一個博士研究生來搞一個齊全的詞譜，「不做零打碎敲工作，不做修修補補工作。」我想《詞繫》對於今天重新編撰大型詞譜一定會有很大幫助的。啟功先生也支持整理《詞繫》的工作，他親自去鑒定了稿本，爲復印的事奔走接洽，並爲我們答疑解惑。後來，夏承燾先生的《天風閣學詞日記》出版了，它記録了《詞繫》在三十年代時受到詞學家們重視的事實，可惜的是他們當年對《詞繫》雖然那麼嚮往，卻始終未能見到全部書稿。所以將秦巘《詞繫》未刊稿整理出版，不只是詞學研究工作的需要，可使前人成績不至泯滅，并可告慰今天在與不在的前輩詞學家們。當然，把秦巘的《詞繫》稿本整理出版只是一種願望而已。《詞繫》不是熱門貨，哪個出版社有印它的魄力呢！《詞繫》過去是得而復失，且失而復得，以後呢？

《詞繫》的編者秦巘

秦巘，揚州人。其父恩復（一七六〇——一八四三），字近光，號敦夫。乾隆五十二年（一七八七），進士，曾任散館編修。嘉慶二十年（一八一五）受聘校勘《欽定全唐文》。道光元年乞假歸里，晚年自號猬翁。據《續纂揚州府志》卷九《人物志一》記載：

（恩復）性喜填詞，每拈一調，參考諸體，必求盡善，無一曼聲懈字。著有《享帚詞》三卷。

平居收藏書畫法帖，洎瓷銅玉石之類，鑒别精確。勘定古書，慎選良工，以付剞劂，海内争購。秦恩復是揚州有名的藏書家，他在《享帚詞自序》中説：「僕家有藏書二萬卷。」他曾刊刻過多種古本行世，像最有影響的享帚精舍所刻的《詞學叢書》，校録頗精，其中的《陽春白雪》便是他首先發現的，張炎的《詞源》也是他據元人舊鈔本補足的。正如毛先舒所説，「一人通譜，全族通譜」。秦巘在詞律方面顯然是有比較深厚的家學淵源的。同時，秦恩復在詞的創作方面，在古籍的校勘方面，也都給予秦巘很大的影響。

秦巘，字玉生，號綺園。生卒年不詳。其生平事跡在《江都縣續志》卷二四《列傳第六上》中有記載：

巘舉道光辛巳順天鄉試。考取景山官學教習，以不樂仕進，棄去。嘗壯遊萬里，以親老歸。築室三楹，介於石硯齋、小盤谷之間，曰思秋吟館，與諸名士相唱和。著有《意園酬唱集》、《思秋吟館詩文詞集》，里人符南樵葆森爲之序。其外，復有《詞旨叢説》、《宫譜録要》、《逸調備考》、《詞繫》諸書。工丹青，兼善醫術。任俠好義，能急人之難。晚年遭洪楊之亂，避居北郭外祖墓側。同年雷侍郎以誠督師揚州，聘參戎幕，辭弗就。卒年六十有二。

據以上材料可知秦巘早年隨父在京都任上，所以於道光元年（一八二一）應順天府鄉試，中舉後又考取了景山官學教習。他曾棄職遠游，後來因爲父親年老才回到故鄉揚州。咸豐三年（一八五三）太平軍攻克南京打到揚州時他仍健在。假設他是二十歲中舉，那麼他的去世則應是同治初年。秦巘編寫《詞繫》的準備工作可能花費了較長的時間，我們甚至可以設想他編寫的《詞繫》是受到他父親的啟示指導，以致若干年後竟出現了秦恩復作「詞例」的傳聞。

秦巘在《詞繫・凡例》中批評萬樹的《詞律》是「援據不博，校讎不審」，「所據之本不精」，他編書的原則是「薈萃群書」，尊崇精本，旁徵博引。但據阮文達《享帚詞序》説：「道光丙申（十六年，一八三六），秦家不戒於火，凡宋元精刻及傳鈔秘籍，悉歸煨燼。」秦巘在家遭火災之後編訂《詞繫》是要克服許多困難，當然會受到一定的限制。關於《詞繫》的編寫時間，從以下兩段文字中可以找到一點綫索：《詞繫》稿本卷二中有一段按語：

汲古閣《六十家詞》搜羅宏富，洵有功於詞學。惜讎校不精，訛脱太甚。《詞律》皆沿其誤，不免後人呰議。余僅勘訂柳耆卿《樂章集》一種。苟有博雅之儒，取名家原集及諸選本所載，參互考證，正訛補缺，重加釐訂，繙刻全帙，俾成完璧，不特表彰前哲，抑且嘉惠來茲，允爲毛氏功臣。余貧且老，不能從事於斯，是所望於來者。

在編到第二卷時他便發出了「余貧且老」的感慨，可知他動手編寫《詞繫》時已經進入了晚年。第十卷還有一段按語：

宋初詞調甚尠，皆襲唐音，太宗親製二百數十調，原詞未傳，柳永增至二百餘調，其名遂繁。所著《樂章集》一一注明宫調，創製居多，惜無傳本，僅見《汲古閣六十家詞》刻内，而訛謬遺誤不可卒讀。吳門戈氏家藏宋刊《樂章集》，整齊完善，燦然具備，且多十四闋，足證《汲古》之誤。今皆據以訂正，各按宫調分別，柳詞悉成完璧，詞家照填無誤。並列入《詞學叢書》內，公諸同好，俾學者按譜填腔，增多數十調名，豈非藝林一大快事哉！庚戌（道光三十年，一八五〇）八月初六日。

道光三十年秦巘可能已經五十歲，當然可以稱老。這一年他根據戈載家藏宋刊《樂章集》，對柳詞做了校勘、增補和編訂工作，並準備把它補到《詞學叢書》中去。《詞繫》的編寫正是與此同時進行的。再過三年，太平軍打到揚州，秦巘避亂於北郊。這時他是否已完成了《詞繫》編寫的全部工程，便不得而知了。從這段文字中我們還可以知道秦恩復去世後，《詞學叢書》的刊刻工作秦巘是準備繼續下去的，可他並沒能實現自己的願望。

秦巘的《詞繫》編寫工作主要是在道光末年以至咸豐初年進行的。清代乾嘉以來的學術，在經學之外，小學、音韻、典章制度、天文、史地以及金石、校勘、輯佚等，多以「實事求是，力追古初」，「無徵不信」相標榜。這種學風反映在詞學方面便是圖譜之學大行，它甚至比詞集的輯佚、編選更引起人們的興趣。清代研究詞譜的人很多，他們不滿意明代張綖的《詩餘圖譜》和程明善的《嘯餘譜》，早在康熙年間便先後出現了賴以邠的《填詞圖譜》（又名《詞鏡平仄圖譜》）、萬樹的《詞律》和王奕清等的《欽定詞譜》。雖有了《欽定詞譜》，卻不能使詞譜的研究定於一尊。到了秦巘的時代圖譜之學更盛了。他當時見到的詞譜就有許寶善的《自怡軒詞譜》、謝元淮的《碎金詞譜》、葉申薌的《天籟軒詞譜》和戈載的《詞律訂》等書。人們不滿意舊有詞譜的「但取其便於吻，而不知其戾乎古」（俞樾《校刊詞律序》），力爭以最早的詞作爲依據。重新審定增補各種行世的詞譜。康熙以來萬樹的《詞律》是影響最大的一部，于是增補、訂正《詞律》就成了一個熱門課題。杜文瀾《詞律續説》説：

嘉慶、道光間高郵王甫寬君（敬之）、吳縣戈君順卿（載），擬匯輯增訂，均未成書。咸豐庚申、辛酉間，余官海陵，獲見王寬甫《詞律》舊本，戈順卿《七家詞選》及江都秦氏玉生鈔本，均有校正《詞律》之處，因作《詞律校勘記》二冊刊刻單行。

可見當時人們研究、校勘《詞律》的風氣之盛。後來，徐立本有《詞律拾遺》八卷，杜文瀾有《詞律補遺》一卷，都是增補萬樹《詞律》的。從上面一段文字還可以看出秦巘對於《詞律》是下過工夫的，鈔録、校正《詞律》便是他編寫《詞繫》的基礎。總之，秦巘的《詞繫》正是在上面描述的那種圖譜之學大行的背景下産生的，而它的規模和成就則是那個時代群譜中的佼佼者。

《詞繫》未刊稿的形制

秦巘的《詞繫》未刊稿是一部在體制上仿效《詞律》的詞譜。全稿分訂成二十七冊，書稿大部分是用版心印有「詞繫」字樣的專用稿紙謄寫的，只有五冊用的是素紙。稿紙爲紅格竹紙，左右雙邊，框高一百九十毫米，寬一百三十五毫米，每半頁八行，行二十一格。紙已焦黃，並有多處蟲蛀，所幸尚不影響閱讀。有的卷首有「江都秦巘玉生編訂」八字題款。扉頁和「凡例」前原有三枚收藏印章，一爲「符子讀過」，一爲「南樵」二字，這是《江都縣續志》中所載的爲秦巘詩文詞集作過序的「里人符南樵」。另一枚爲「振藩流覽所及」數字，不知何許人。估計《詞繫》從秦家散失後，曾經過他人的收藏。

《詞繫》第一冊是將《凡例》和《逸調備考》、《宫譜録要》和《詞旨叢説》（二卷）幾部分合訂在一起的。第二冊是《調名匯辨》，第三冊爲《詞繫》總目。從第四冊開始爲《詞繫》第一卷，依次至第二十七冊，共計二十四卷。二十四卷《詞繫》本文大多書寫工整，字跡秀美。唯獨第一冊和第二冊字跡比較潦草，尤其是「凡例」部分，有多處空缺、勾畫和夾批，個別地方條理尚欠明晰，看來還屬於未定稿，有待修潤和謄清。《詞旨叢説》似乎也没有編完，因爲《詞旨叢説》的「小序」説是「作詞旨叢説二卷」，而這一部分並未分卷，所録有關作詞法的論説也並不多，看來還有待補充編訂。那麽，當年夏承燾、龍榆生諸先生所見到的那一冊《詞繫凡例》是否這一本呢？可惜今天已經無法請教了！不過，當年夏先生見到《詞繫凡例》後，立即爲之聯係書局準備付刻，並没有説到尚需整理、繕寫的問題，而且也没有談到「凡例」是同《詞調備考》等部分合訂爲一冊的。所以，很可能是另有一冊定了稿的單獨訂作一本的「凡例」，遺憾的是現在已無從查找了！

《詞繫》稿本從字體看是由三人分别繕寫的。寫得最多的一人字體尤其秀美，凡遇「恩」字、「復」字都變寫或缺一筆，而寫成「恩」「復」，這應該被確認爲秦巘親手抄寫的，所以避其父諱。稿本中夾有一張紙，可能是爲了付梓的需要，將二十四卷《詞繫》正文的頁數、字數都做了比較精細的統計。從第四册至第二十七册，總共一萬零一百七十四頁，四十二萬九千零一十三字。這二十四卷正文中間雖也有些夾條，準備挪動個别詞的次序，但大體來看工程已經完備。

秦巘的《詞繫・凡例》將近五千字，就其内容來説幾乎可看做是一篇詞論。作者在對一些詞選、詞譜的批評上，對詞的産生發展，對詞上與六朝、唐小樂府，下與元曲的關係，對詞的内容的評價，以及詞的體制等問題，都簡明地闡述了自己的見解。在《凡例》中他首先列舉了沈際飛的《草堂詩餘箋》、張綖《詩餘圖譜》、程明善《嘯餘譜》、朱彝尊《詞綜》、汪汲《詞名集解》、許寶善《自怡軒詞譜》、張宗橚《詞林紀事》、陶樑《詞綜補遺》、謝元淮《碎金詞譜》、葉申薌《天籟軒詞譜》、戈載《詞律訂》諸書，認爲這些書講聲調者不稽格律，紀故實者或略宫商，各拘一格，未所兼備。尤其是《詩餘圖譜》和《嘯餘譜》體例「踳駁蕪亂，貽誤後學非淺。」對於萬樹的《詞律》，他作了比較詳細的評價，他認爲《詞律》「糾訛駁謬，苦心孤詣，允爲詞學功臣」，但「援據不博，校讎不審，其中不無缺失」。他列舉了《詞律》的四缺六失説：

宫調不明，竟無一語論及，其缺一；調下不載原題，幾不知詞意所在，其缺二；專以汲古閣《六十家詞》、《詞綜》爲主，他書未曾寓目，憑虚擬議，其缺三；調名遺漏甚多，其缺四。不論宫調，專以字數比較，是爲舍本逐末，其失一；所録之詞，任意取擇，未足爲定式，其失二；調名原多歧出，務欲歸併，而考據不詳，顛倒時代，反賓爲主，其失三；所據之本不精，字句訛謬，全憑臆度，其失四；前後段字數，必欲比同，甚至改換字句以牽合，殊涉穿鑿，其失五；《圖譜》等書，原多可議，嘵嘵辯論，未免太煩，其失六。

在他看來儘管《詞律》有缺失，仍較其他詞譜爲高，所以他編《詞繫》才「以《詞律》爲藍本，於其缺者增之，訛者正之」。《詞繫》的編寫目的是爲了《詞律》拾遺補缺，糾謬駁訛。那麼秦巘對《欽定詞譜》和《御選歷代詩餘》的態度如何呢？他説那是「搜羅該洽，論斷詳明，實集詞家之大成也」。既然那般完美，他又何必以《詞律》爲藍本重新編寫呢？可見他是對於「欽定」、「御選」的書不敢有微詞，實際上《詞繫》對於《詞譜》也是多有補充和訂正的。

秦巘在《凡例》中對於《詞繫》的編寫體例作了説明：即「專以時代爲次序。首列宫調，次考調名，次叙本事，次辨體裁，末附鄙見」。在搜訂《詞繫》的同時，他還編成了《宫譜録要》、《逸調備考》、《調名匯辨》和《詞旨叢説》幾部分。因爲分量不大，很難視爲專書，所以附在了《詞繫》之中。在《凡例》中對這幾部分的編寫用意都做了説明。他認爲古人作詞是「先有聲而後有辭」，所以詞人多自注調名，他在《詞繫》中「皆按原注載明，並以《九宫大成》推之，詳注於後。」「其統論音律，無所附麗者，別著《宫譜録要》一卷，以備觀覽。」鑒於「古來逸調甚多，《詞律》所取太隘」，《詞繫》所補猶恐未備，所以另編《逸調備考》一卷。詞有調同名異者，又有名同調異者，皆於《詞繫》中「辨明分載，並著《調名匯辨》一卷，疏其異同」。秦巘認爲「詞選、詞評、詞譜諸書古今不下數百種」，「作詞三昧，從來未有專書，而散見於各家者不少」，所以另集《詞旨叢說》二卷。但這一部分所録不夠豐富，實際不足二卷，這可能便是他家的二萬卷藏書早已焚燒殆盡的局限吧！

《詞繫》未刊稿的貢獻

自萬樹《詞律》問世之後，在詞學界曾引起很大反響。嘉慶、道光以後，補充、訂正《詞律》的書相繼出現，如戈載的《詞律訂》、徐本立的《詞律拾遺》八卷、杜文瀾的《詞律校勘記》二冊，和《詞律補遺》一卷，後來還有徐棨的《詞律校箋》稿本（已佚）等。秦巘的《詞繫》雖說是以《詞律》爲藍本，爲《詞律》拾遺補闕，卻不同於其他的校訂與補遺。實際上它不啻爲一部新編的詞譜，從其《凡例》和全部書稿看，其所作出的貢獻是應當受到充分重視的。

專以時代爲序是《詞繫》的一個最大特點。一般詞譜的排列方法都是「計數列調」，即依字數的多少分先後。如《詞律》「發凡」所說：「列調自應從舊，以字少居前，字多居後」。而秦巘則改變了這種傳統的排列方法，他不計每個詞字數之多少，而根據其出現時代之先後排列。在詞譜的制定上，一般圖譜的做法正像《四庫全書總目》卷一百九十九《欽定詞譜提要》中所說：

> 今之詞譜，皆取唐宋舊詞以調名相同者互校，以求其句法字數，取句法字數相同者互校以求其平仄。其句法字數有異同者則據而注爲又一體，其平仄有異同者則據而注爲可平可仄。自《嘯餘譜》以下，皆以此法推究，得其崖略，定爲科律而已。

秦巘則有他的看法，在《凡例》中他說：

> 詞本樂府之變體。自唐李白、温、韋諸人，創立詞格，沿及五季，代啟新聲。至宋，晏、歐、張、柳、周、姜等輩出，製腔造譜，被諸管弦。所著皆刻羽引商，均齊節奏，幾經研煉而成，足爲楷模。與其取法於後人，莫若追踪於作者。

所謂「追踪於作者」，便是以最早出現的詞爲正體爲原調。《詞繫》的編排方法是：「以自度原調爲經。其後字數增減，協韻多寡，體格參差，調名異同者，皆列爲又一體爲緯。不以字數爲等差，仍以時代爲次序」。秦巘以時代最早的爲「原調」，後來調同而字數不同者爲「又一體」。「又一體」也不計字數，而是嚴格地按世次編列，這就是他「專叙時代」的做法。

秦巘采取「專叙時代」的做法，說明他的製譜有着一種史的發展觀念。他在《凡例》中說：

> 蓋唐季詞人洞曉音律，探源樂府，其字句不無參差，而音調自協。至宋人規橅前式，琢煉整齊。南渡遞相仿效，踵事增華。雖斷斷於尋行數墨，而格律實愈出而愈精。鋪觀列代，其源流遞嬗之故，增減變化之殊，莫不昭然若揭。而風會升降之原，亦于是乎在。

他有意地「以時代爲序」，以突出詞調的源流遞嬗，增減變化，風會升降，同時秦巘還特別重視上與六朝及唐小樂府，下與元曲的關係，他在對這一問題的處理上，已涉及詞史的範疇。他認爲「詞發源於六朝，濫觴於唐，盛於宋。沿及金、元，降而爲曲。源流相紹，而界域判然。」他不同意「舊譜皆斷自唐人，至元而止」的做法，所以他「以太白《菩薩蠻》、《憶秦娥》爲百代詞曲之祖，當冠全編以前。六朝及唐樂府皆五七言絶句體，雖與詞體有間，而溯委窮源實詩變爲詞之樞紐。另編一卷列諸卷首，亦導河積石之義也。」「以時代爲序」和以六朝及唐小樂府爲「詩變詞之樞紐」，這兩點曾深受夏承燾先生的贊賞，認爲「此二點即大勝《詞律》」。然而，現存《詞繫》稿本的卷首並沒有列上那一卷六朝及唐小樂府，這更使我們懷疑《詞繫・凡例》並非最後的定稿，所以才與全書的實際形制有所不符。

詞調、詞體的豐富是《詞繫》的一個突出成就。秦巘依現存詞調出現的早晚，作者生活時代的前後，對詞調、詞體做了廣泛的搜集和精心編排。《詞律》所收詞共六六〇調，一一八〇餘體。《欽定詞譜》所收共八二六調，二三〇六體。《詞繫》所收詞調有一

○二九個，詞體約二千二百餘種，比起《詞律》來它的詞調、詞體數量已超出了許多，就是與《欽定詞譜》相比，其録詞總數也是超過了的。所以，應該説《詞繫》是一部空前的大型詞譜，它的長期被沉埋是很值得惋惜的。

《詞繫》的作者以給《詞律》拾遺補闕爲己任，所以對於《詞律》失收的詞調、詞體都盡量地做了增補。全部書稿增補的數量是非常可觀的，這從上面的統計數字中可以看到。如果不是進行過長期的工作，是很難做到這樣詳細、周密的。秦恩復作詞「每拈一調，參考諸體，必求盡善，無一曼聲懈字」，秦巘正是接受了這樣的熏陶與訓練。他每定一調，每增一體，都必以各家詞爲證，他説自己這樣做「亦以經注經之意也。」（《詞繫》卷一）。《詞繫》的設調，備體的確比較豐富，而且分辨得很細微。且對每一詞調都有追本溯源的闡釋。今舉卷一開頭所列《菩薩蠻》調爲例，看看他對詞體的增補情況：《詞律》只列李白所作的一首「平林漠漠烟如織」爲式。《詞譜》共列了三種：李白一首、朱敦儒一首、樓扶一首。《詞繫》則在李白一首之外又列了四體，並作了解釋。李白一體「兩句一韻，凡四換韻」。温庭筠一體（「翠翅金樓雙鸂鶒」）「換仄韻，又換平韻，凡三換韻」。張先一體（「五雲深處蓬山杳」）「仄韻，不換叶，平韻換叶」。賀鑄一體（「章臺游冶金龜婿」），「凡兩換韻，上下段皆不換」。又一體（「厭厭别酒商歌送」），「此平仄互叶體，通首不換韻，與前異」。作者的按語中説：「以上四體萬樹《詞律》皆失載。卷中遺缺之調固不可勝紀，而失收之體更難悉數。例不劃一，皆援據不博，校勘未精之過也。」

他力求援據廣博，校勘精細，所以在詞體上比前人更加齊備。像常見的《清平樂令》，《詞律》只收一體，《詞繫》録有八體。《滿江紅》調，《詞律》只收六體，而《詞繫》收録有仄韻十一體，平韻一體，共得十二體之多。秦巘在詞體上給《詞律》作了大量的補充，這是主要的貢獻。另外在詞調的發掘上也有成績。據《詞譜》補充《詞律》失收的詞調自不必説，還有一些詞調是《詞譜》和其他譜書所不載的，如梅堯臣的《莫打鴨》、高宗的《舞楊花》、文同的《天香引》、元絳的《映山紅慢》、趙以夫的《秋蕊香》、奚㴲的《宴瑶池》、周瑞臣的《清夜游》、《春歸怨》、黄孝邁的《湘春夜月》等等。應該説秦巘對於詞調的鈎沉，和他對於同調下不同詞體的辨析一樣都很有價值。

秦巘在編訂《詞繫》過程中做了大量文字校勘工作。在《凡例》中他批評《詞律》作者所據之本不精，而且是「專以汲古閣《六十家詞》、《詞綜》爲主，他書未曾寓目」，以致訛誤太多。秦巘引徵的書比較豐富，用以校正《詞律》以及《六十家詞》之處甚多，有的校勘也確實比較精到，這裡便不列舉了。遺憾的是他所引用的書往往只標書名不注版本，從書稿中我們只發現他用過《宋刊本樂章集》、《菉斐軒鈔本安陸集》和《鮑本子野詞》等部分古籍。《詞繫》所録詞的文字與今天流傳的本子常見不同，斷句也有抵啎。估計秦巘當時能見到的書較多，他又有意博采廣取，所以對我們或許還是有一定參考價值的。秦巘曾以《宋刊本樂章集》校柳詞，《詞繫》中録柳詞便與唐圭璋先生所編《全宋詞》的文字、句讀有所不同。例如《詞繫》卷七柳永《望遠行》下片：「……對茲好景，空飲香醪，争奈轉添珠淚。待伊游冶歸來，故故解放，翠羽輕裙重繫。見纖腰圍小，信人憔悴。」《全宋詞》（一）三十六頁，作「……對好景，空飲香醪，争奪轉添珠淚。待伊游冶歸來，故故解放翠羽，輕裙重繫。見纖腰，圖信人憔悴」。又如《詞繫》卷十所録楊无咎《轉調二郎神》的尾句：「□□□，願得地久天長，協佐皇都。」《全宋詞》（二）一一八二頁作「□願得，地久天長，佐紹興□□□。」再有《詞繫》卷二十二張炎《紅情》上片的尾句是「看亭亭，倒影窺妝，玉潤露痕濕」。《全宋詞》（五）三五〇二頁，「看□□，倒影窺妝，玉潤露痕濕。」又如《詞繫》卷十五秦觀《夢揚州》的「殢酒困花，十載因誰淹留」句，《全宋詞》作「殢酒爲花」，顯然《詞繫》較佳。

秦巘録詞態度比較謹嚴，很注意考證求是。如《詞繫》卷四録元宗《好時光》「寶髻偏宜宫様」一首，關於作者是否唐玄宗問題他寫了這様一段按語：

> 此以末句爲名，見《尊前集》。或疑非明皇作。各譜皆引王仁裕《開天遺事》爲證，今考《開天遺事》並不載，唯《羯鼓録》實紀其事，但曲名「春光好」，並未著「好時光」名，不解何以誤傳？明皇諳音律，善度曲，見於紀傳者甚多，皆無「好時光」調，且辭意不類盛唐風格。唯南唐中主李璟，宋賜廟號亦元宗，想因是傳訛耳。

他的意見當然難成定論，但卻可另備一説。此外，秦巘在《詞繫》中關於姜夔的自製腔問題，詞有無襯字的問題，對俳體詞的評價問題，關於三聲並叶爲詞，四聲並叶爲曲等許多詞史上有争議的問題都有所涉及，因篇幅所限，不便具體介紹。

《詞繫》的作者將作家、作品依時代的先後排列，用意是「以征分合變化之源流，庶免附會掛漏之弊」（卷三按語）。但他的「專叙時代」也帶來了一些難以解釋的矛盾，不可避免的缺點，像對於一種詞調的不同體式（變格）也要探源求始，標在某一作家作品下面，就比較武斷，缺乏令人信服的依據。他對詞的雙拽頭、攤破、近拍、偷聲以及歌頭、引子、令、慢、近等，都做了解釋。如在卷一韋莊《荷杯》後注云：「此比前加一叠，詞中以單叠衍爲雙叠者，始此。」杜牧《八六子》後注云：「詞之用長調者始此。晚唐詞皆小令，此調及洞仙歌始爲長調。體段雖具，格律尚未完善，故前少後多耳。迨宋初張、柳兩家創製慢曲，有起調、换頭、煞尾，前後段相同，規模于是乎備，實濫觴於此也。」又如卷二李璟《山花子》後注云：「《山花子》一體又名《攤破浣溪沙》、《添字浣溪沙》。此以《浣溪沙》結句破七字爲十字，故名攤破，後又名山花子，詞之以攤破名者始此，以添字名者亦始此。」詞調和各種體式的形成，本來在民間有着較長的發展過程，一定要歸屬於某個人名下，難免失之偏頗。另外，在作家時代的考證與處理上也有疏漏之處。

總之，《詞繫》在以時代爲序和豐富詞調、詞體上是有貢獻的。此外，《詞繫》還提供了很多值得探討的問題。我個人在這方面的知識欠缺得很，只是願意把失而復得的《詞繫》介紹出來，爲詞學界提供一份研究資料而已。如《詞繫》能夠問世，必會得到研究者們的科學的評價。

凡例

古無詞譜，自沈天羽際飛《草堂詩餘箋》、張南湖綖《詩餘圖譜》、程明善《嘯餘譜》，遞相纂述。厥後朱竹坨彝尊《詞綜》、汪葵川汲《詞名集解》、許穆堂寶善《自怡軒詞譜》、張永川宗橚《詞林紀事》、陶鳧香樑《詞綜補遺》、謝默卿元淮《碎金詞譜》、葉小庚申薌《天籟軒詞譜》、戈順卿載《詞律訂》諸書，層見疊出，未可悉數。皆足以發明詞學，原無待於贅述。然講聲調者不稽格律，紀故實者或略宮商。各拘一格，未能兼備。伏讀《欽定詞譜》、《御選歷代詩餘》，搜羅該洽，論斷詳明，實集詞家之大成也。是編薈萃群書，專以時代次序。首列宮調，次考調名，次敘本事，次辨體裁，末附鄙見。非妄居作譜之名，聊自訂倚聲之準。

《詩餘圖譜》、《嘯餘譜》，當時盛行，填詞家奉爲圭臬。然體例踳駁蕪亂，貽誤後學非淺。康、乾間萬紅友樹訂爲《詞律》，糾訛駁謬，苦心孤詣，允爲詞學功臣，至今翕然宗之。惜乎援據不博，校讎不審，其中不無缺失：如宮調不明，竟無一語論及，其缺一；調下不載原題，幾不知詞意所在，其缺二；專以汲古閣《六十家詞》、《詞綜》爲主，他書未經寓目，憑虛擬議，其缺三；調名遺漏甚多，其缺四。不論宫調，專以字數比較，是爲舍本逐末，其失一；所録之詞，任意取擇，未爲定式，其失二；調名原多歧出，務欲歸併，而考據不詳，顛倒時代，反賓爲主，其失三；所據之本不精，字句訛謬，全憑臆度，其失四；前後段字數，必欲比同，甚至改换字句以牽合，殊涉穿鑿，其失五；《圖譜》等書，原多可議，嘵嘵辯論，未免太煩，其失六。兹編以《詞律》爲藍本，於其缺者增之，訛者正之。非敢大肆譏評，聊爲補闕拾遺之一助。紅友最爲虚心，或當首肯。

詞本樂府之變體。自唐李白、温、韋諸人創立詞格，沿及五季，代啟新聲。至宋晏、歐、張、柳、周、姜輩出，製腔造譜，被諸管弦。所著皆刻羽引商，均齊節奏，幾經研煉而成，足爲模楷。與其取法於後人，莫若追踪於作者，故本譜以自度原調爲經。其後字數增減，叶韻多寡，體格參差，調名異同者，皆列又一體爲緯。不以字數爲等差，仍以時代爲次序。蓋添字可以居後，減字焉得居前。有原詞未注自度，實取句意爲名，如《陽臺夢》、《紗窗恨》、《過秦樓》之類，足可爲據。或互見於他書，如《西子妝》，見《山中白雲詞》注，《九張機》，見《樂府雅詞序》，亦必注明。其無從考證者，即以時代最先者爲式。或僅一首，別無他作，即以此首爲式。溯委窮源，庶不失先河後海之義。

《草堂》計數列調，《嘯餘》分類標題，萬氏專從《草堂》，第分類不能明晰，不若計數爲宜。兹譜專叙時代，即所列又一體，亦按世次。蓋唐季詞人洞曉音律，探源樂府，其字句不無參差，而音調自協。至宋人規橅前式，琢鍊整齊，南渡遞相仿效，踵事增華。雖斷斷於尋行數墨，而格律實愈出而愈精。鋪觀列代，其源流遞嬗之故，增減變化之殊，莫不昭然若揭。而風會升降之原，亦于是乎在。

各書編年之例，首列帝后，末附方外、閨秀。今照沈文慤《別裁》各集例，均按世次編列。其無名氏有時代可證，仍依序次。無考者，附於各代之末。

紀年之中，殊難定衡。如五代十國，前後僅五十餘年。遼、金與宋相終始，均屬同時。兹編不分正閏，統以時代先後著録。他若温、韋同時，歐、蘇、張、柳等，往往互相唱和，同調頗多，難以分晰。今以傳記中有事可紀，或以句意爲名者，專屬其人。其無可辨證者，以時代最先爲式。其中不無參錯，見聞狹陋，閱者亮之。

舊説相傳製曲之人，殊多訛舛。如《蝶戀花》爲蘇小小製，《西江月》爲司馬光製，《月下笛》及平韻《滿江紅》爲彭元遜製，《聲聲慢》爲蔣捷製之類。今考群書，皆不足信。特加辨證，以正其誤。

詞發源於六朝，濫觴於唐，盛於宋，沿及金、元，降而爲曲。源流相紹，而界域判然。舊譜皆斷自唐代，至元而止。然去取未能劃一。既收《回波樂》、《柘枝引》，而《春鶯囀》、《黄麞》、《胡渭州》等，同爲舞曲，何以不收？既收《舞馬詞》、《水調歌》、《伊州》、《涼州》諸歌，而《桃花行》、《拜新月》等，同爲六七言絶句，何以不收？既收楊妃《阿那曲》、閩妃《樂游曲》，而武后《如意娘》，何以不收？今以太白《菩薩蠻》、

《憶秦娥》爲百代詞曲之祖，當冠全編。以前六朝及唐樂府皆五七言絶句體，雖與詞體有間，而溯委窮源，實詩變爲詞之樞紐，另編一卷，刊諸卷首，亦導河積石之意也。明人詞體，多不協音調，故舊譜不收。今另編以示區别，其僅字句不同之作，仍不登録。本朝詞學昌明，凡自度曲，日新月盛，不乏佳製。惜見聞狹陋，未及備搜，今亦另編。伏望郵示，以便補録，實厚幸焉。

倚聲者，依其聲而填之也；填詞者，按譜而綴詞也。古人先有聲而後有辭，如《白華》、《華黍》，猶待補亡也。詞之聲調，焉可忽諸？白石《湘月》謂之《念奴嬌》鬲指聲，晁无咎《消息》謂之《自過腔》，即越調《永遇樂》，所謂移宫换羽也。觀屯田於《傾杯》，各注調名，其理可悟。今按原注載明，並以《九宫大成》推之，詳注於後。諸書所論宫調，如《白石歌曲旁譜》、《詞源》，及古今論説，必詳載注，不厭煩瑣。俾學者參互考證，自能融會貫通。其統論音律無所附麗者，别著《宫譜録要》一卷，以備觀覽。

詞名多本樂府，南北劇名又本之詞。其相同者未能悉數，更有名同而實不同者，又有不用换頭者，原難劃一。然詞與曲無二理，體裁雖分畦畛，聲調未必徑庭，故皆以《九宫譜》爲據。如白石《淡黄柳》，旁譜注正平調，《九宫》入南詞高平調，殊相吻合。惜今聲調之學失傳，余亦不善樂器，不能確指其所以然。久擬薈萃一書，照白石例翻成旁譜，使人人探喉能歌，被之管弦。今閲許氏《詞譜》，摘録《九宫譜》中唐宋元人詞一百七十餘闋，加填工尺，可謂先得我心矣。足資采摭，無事參稽。

古人拈調填詞，以調爲題，所謂「本意」是也。宋人多注題目，與調無關。《詞律》削而不載，幾不知命意所在，何由辨其字句。兹譜概從原集詳録，然亦有傳寫錯誤者，如《芳草·鳳樓吟》，「芳草」是題。《無悶·閨怨》、《無悶·催雪》，「閨怨」、「催雪」是題，皆抄刻之誤。至柳永之「望梅」，沈會宗之「尋梅」，亦當是題，遺失調名，今皆辨正。

唐崔令欽《教坊記》，曲名三百餘調。《宋史·樂志》：太宗親製二百數十調。柳耆卿又增二百餘調。徽宗時，命周美成等討論古音比律切調。晁次膺、万俟雅言，依月按律進詞應制，調名尚有數百種未傳。可見古來逸調甚多。《詞律》所收太隘，今皆補入，猶恐未備，另編《逸調備考》一卷，以俟博雅。

調名原起，始於楊用修慎《詞品》，都元敬穆《南濠詩話》。一一推鑿，殊多瑣漏。胡元瑞《筆叢》駁之良是。然有意義難解者，如「穆護」即「木瓠」之意，「六醜」合六調而成之類，宜加考據明確。

詞以體格爲主。偷聲、減字、促拍、攤破諸名，以及加一疊爲雙調，猶是本調體格，故從類列。其引、近、慢、曲調名雖同，宫調各別，實與本調渺不相涉。今皆分列。

調之别名，有因詞句佳而後人名之者，如《賀新涼》又名《乳燕飛》，《水龍吟》又名《小樓連苑》之類是也。有因原詞句而另立名者，如《八聲甘州》改名《瀟瀟雨》，《鳳凰閣》改名《數花風》之類是也。小令中《長相思》、《蝶戀花》，長調中《念奴嬌》、

《齊天樂》最多，張宗瑞《東澤綺語集》一卷，全列異名，致啟炫異矜奇之弊，徒亂人目。今以字句同者，統注某人名某調。其字句不同者，分繫於各體下。俾作者擇用何體，即從何名，則體格聲響，方能名實相副。至調同名異者，萬氏辨晰已詳。然《風中柳》之即《謝池春》、《轆轤金井》之即《四犯剪梅花》等名，尚多遺漏。他如《千年調》之即《相思會》、《望春回》之即《惜餘歡》，並未甄録，今皆詳備。

名同調異者，如晏幾道、黄庭堅各有《好女兒》，更宜分晰。李獻能之《春草碧》即《番搶子》，别有万俟詠之正調。劉鎮之《慶春澤》即《高陽臺》，别有無名氏之正調。李、劉之《滿朝歡》即《萬年歡》，别有王安禮之正調，今皆辨明分載，並著《調名匯辨》一卷，疏其異同，以便省覽。

名有舊説同調而實非者，如《烏夜啼》之與《錦堂春》，《夜行船》之與《雨中花》等類，萬氏務欲歸併，致使著名之調不傳。兹皆辨明分列。至《醜奴兒》本名《采桑子》、《賀新郎》本名《賀新涼》，亦皆改正，以從其朔。其有錯寫調名者，如程垓之《攤破南鄉子》，張泌之《思越人》等類，體格雖同，不得不備録，以便加注辨明，非例不劃一也。

元人小令，每多三聲並叶。萬氏概指之爲曲調，不知柳屯田之《曲玉管》，司馬温公之《西江月》，已開其先。實詞變爲曲之機。今以《中原音韻》三聲互叶者備録，以見變化之源流。其四聲並叶者，直是曲體，不載，以分界限。

詞尚風華綺麗，人每目之爲淫哇。然其中忠孝節義之事，亦多互見，如洪忠宣之《明月引》，謝克家之《懷君王》，陳剛中之《太常引》，陸放翁之《釵頭鳳》，戴石屏妻之《憐薄命》等詞，深得興觀群怨之旨，足以感發性情。故采摭群書，備紀本事，庶遣詞命意，皆有脈絡可尋，亦知人論世之一端也。其體格無異，雖有紀事，不及備登。

詞之字數多寡不一，《詞律》所列「又一體」是也。《圖譜》強分第一第二體，甚謬。然《詞律》缺遺之體甚多，今皆補入，不勝其數。

詞之平仄，原有可通用者，必據別作，方可條注。《詞律》每以前後段比較，殊欠得當。兹譜必依據各名家之詞方敢下注，否則缺疑。舊譜平仄或用○●，或用□1，易致淆亂。不若《詞律》明注字左，可平可仄及入作平作上，較爲明顯。其餘句讀、叶韻、疊韻，亦遵其例，詳注字右。有必不可易移之字，平聲加○，上聲加◓，去聲加◒，入聲加●，凡仄聲◑◐，特爲標明，俾閱者着眼，不致誤填。

詞之聲調，全在起調畢曲。起調者，起韻也，如曲之起板處也。畢曲者，前後結句住字，所以吴君特必嚴煞尾之字也。然則押韻不可不講也，如賦元宵詞，必用太簇宮，其調用大石、般涉；太簇宮必用「商平」字住。是必用「商」聲韻，其半音必用商清音，讀處必用宮，方能協律。餘同仿此。楊守齋《作詞五要》，所謂《水龍吟》必用入聲，《齊天樂》必用去聲者此也。今俱詳明注內。

詞有俳體，殊墮惡道。字句雖異，不必備載。但製曲倡始，如秦淮海之《品令》，曹元寵之《紅窗迥》等類，不得不録之爲式。

萬氏謂曲有襯字，詞無襯字，余不謂然。蓋因詞意不暢，加一虛字以達之，原無礙於歌喉，亦無關於體格。所謂帶腔也，如張之《沁園春》前段多一字，蘇則後段多一字，此類北宋最多，南宋始加琢煉整齊。若美成「但時時自剔燈花」，夢窗「縱芭蕉不雨也颼颼」，「但」字「縱」字豈非襯字？但不可加實字耳。曲中更有帶字，不加工尺，並非帶腔。此則曲體也，不可不辨。

各本字有異同，宜加考證，折衷一是，甚至分段錯誤，名姓互異，皆抄刻傳訛之故，亦必細勘詳注於下，不敢妄逞臆見，改竄原文，至蹈效尤萬氏之譏。

引用諸書，悉照原文録入，冠以「某書云」。原文太長，語多無涉者，酌加删節。則云「見某書」，或注「節録」二字，以昭傳信。其原引未注書名者，容查補録。其時人論議，未有成書者，則書明「某人云」，庶免勦説之誚。間附己意，則以「愚按」別之。

詞人概稱姓名，便於稽考。引用諸書則從原文。「愚按」書爵、書字，書集名，各從所宜，毋涉僭妄。

是書專考格律，其詞之優劣不暇品評。世所傳選本具在，毋庸覼縷。

作詞三昧，從來未有專書。而散見於各家者不少，另集《詞旨叢説》二卷，以爲詞家矩矱。

詞無韻書。余家刻菉斐軒《詞林韻釋》，雖屬宋本，但是曲韻而非詞韻，難於遵用。

倚聲家往往「真」、「侵」互施，「先」、「鹽」並叶。即宋名家中多有越韻者，未易闔數。並有謭才劣手，苦於按譜，利其疏漏，借以自文。殊不知一韻之駁，坐累全篇；亮音俊曲，終於遺棄，良可惜也。鄒程村祗謨所云：「一韻偶侵，遂延他部，數字相引，危及全文。」毛稚黄先舒亦有「一人通譜，全族通譜」之喻。國初沈去矜謙《詞韻》，考據該洽，部分秩如，可爲填詞家指南。近時吴門戈順卿載《詞林正韻》，較沈氏尤爲精密。以視學宋齋、绿漪亭等書，則高出百倍矣。各調已間論及，無須另譜。

詞繫目録

詞繫卷一

唐

詞繫卷二

唐

詞繫卷三

五代

十国附

詞繫卷四

五代

後蜀

詞繫卷五

宋

詞繫卷六

宋

詞繫卷七

宋

詞繫卷八

宋

詞繫卷九

宋

詞繫卷十

宋

詞繫卷十一

宋

詞繫卷十二

宋

詞繫卷十三

宋

詞繫卷十四

宋

詞繫卷十五

宋

詞繫卷十六

宋

詞繫 目録

詞繫卷十七

宋

詞繫卷十八

宋

詞繫卷十九

宋

詞繫卷二十

宋

詞繫卷二十一

詞繫卷二十二

金附

宋

詞繫卷二十三

宋

金

詞繫卷二十四

宋

元

詞繫卷一

唐

菩薩蠻　四十四字　一名重疊金　子夜歌　花間意　梅花句　花溪碧　晚雲烘日　巫山一片雲　女王曲

李　白

平林漠漠烟如織韻寒山一帶傷心碧叶暝色入高樓換平有人樓上愁平叶　闌干空佇立三換仄宿鳥歸飛急三叶仄何處是歸程四換平長亭更短亭四叶平

唐教坊曲名。《唐詞紀》：商調曲也。《鳳樓春》即其遺意。顧梧芳《尊前集》注中呂宮。《太和正音譜》注正宮。《九宮大成譜》北詞高宮隻曲。《宋史·樂志》女弟子舞隊。《南部新書》李可及作《菩薩蠻》隊舞。蘇鶚《杜陽雜編》：宣宗大中初，女蠻國貢雙龍犀、明霞錦。其國人危髻金冠，纓絡被體，故謂之菩薩蠻。當時倡優遂製《菩薩蠻》曲，文士亦往往聲其詞（節録）。崔令欽《教坊記》：兩院人歌曲，亦有《菩薩蠻》。《莊嶽委談》謂此與《憶秦娥》非太白作。釋文瑩《湘山野録》：此詞寫於鼎州滄水驛，不知何人所作。魏道輔泰見而愛之。後至長沙，得《古風集》於曾子宣内翰家，乃知李白所撰。胡應麟《筆叢》：開元時，南詔入貢，危髻金冠，瓔珞被體，號菩薩蠻。因以製曲。楊慎改「蠻」爲「鬘」以戒經華髮被首爲據，殊失詳考。愚按：毛晉《汲古閣六十家詞》已刻爲「鬘」，似非始于慎也。

温庭筠詞有「小山重疊金明滅」句，名《重疊金》。南唐後主詞名《子夜歌》。韓淲詞有「新聲休唱花間意」，名《花間意》。又有「風前覓得梅花句」，名《梅花句》。有「山城望斷花溪碧」句，名《花溪碧》。又有「晚雲烘日枝南北」，名《晚雲烘日》。《歷代詩餘》注一名《女王曲》。唐《教坊記》有《女王國》與《菩薩蠻》分立兩名。「曲」字未必是「國」字之訛。恐非別名，故不注。一名《巫山一片雲》，與《巫山一段雲》無涉。與羅志仁《菩薩蠻慢》乃《望梅》之别名無涉，宜另列。

兩句一韻，凡四换韻。「更」字或作「連」，自宜用平爲佳。此字可用平，「長」字可用仄，與前尾句同。「有」可用平，「樓」可用仄。愚按：開天以前詞，皆五六七言絶句體，猶是樂府遺音。自此詞與《憶秦娥》始立雙疊長短句，詞家體製始備。實爲鼻祖，故斷自此二闋爲始。然此調亦只五七言句，蓋風氣初開也。

又一體四十四字　　温庭筠

翠翹金縷雙鸂鶒韻水紋細起春池碧叶池上海棠梨换平雨晴紅滿枝叶平　綉衫遮笑靨三换仄烟草粘飛蝶三叶仄青瑣對芳菲叶平玉關音信稀叶平

孫光憲《北夢瑣言》：宣宗愛唱《菩薩蠻》詞，令狐相國假温飛卿新撰密進，戒以勿泄，而遽言於人，由是疏之。此换仄韻，不换平韻。凡三换韻，與李作異。

又一體四十四字　　張　先

五雲深處蓬山杳韻寒輕霧重銀蟾小叶枕上挹餘香换平春風歸路長叶平　雁來書不到叶仄人静

重門悄叶仄一陣落花風三换平雲山千萬重三叶平

《子野詞》屬中吕宫，又屬中吕調。此仄韻不换叶，平韻换叶。

又一體四十四字

章臺游冶金龜婿韻歸來猶帶醺醺醉叶花漏怯春宵换平雲屏無限嬌叶平　絳紗燈影背叶仄玉枕釵聲碎叶仄不待宿醒消叶平馬嘶催早朝叶平

凡兩换韻，上下段皆不换。

又一體四十四字　賀鑄

厭厭別酒商歌送韻蕭蕭涼葉秋聲動叶小泊畫橋東平叶孤舟月滿篷平叶　高城遮短夢仄叶衾藉餘香擁仄叶多謝五更風平叶猶聞城裡鐘平叶

此平仄互叶體。通首不换韻，與前異。「厭」平聲，「月」用平。

愚按：以上四體萬樹《詞律》皆失載，卷中遺缺之調固不可勝紀，而失收之體更難悉數。例不劃一，皆援據不博校勘未精之過也。

又一體二十二字 李　宴

斷腸人去春將半句歸客倦花飛韻小窗寒夢曉句誰與畫雙眉叶

此單疊，見元好問《中州樂府》。次句五字，與各家不同。

憶秦娥四十六字　一名秦樓月　雙荷葉　碧雲深　蓬萊閣　玉交枝

簫聲咽韻秦娥夢斷秦樓月叶秦樓月疊年年柳色句灞陵傷別叶　樂游原上清秋節叶咸陽古道音塵絶叶音塵絶疊西風殘照句漢家陵闕叶

元高拭詞注商調。《九宫大成》入北詞商角隻曲。

晁補之詞因次句名《秦樓月》。蘇軾詞有「清光偏照雙荷葉」句，名《雙荷葉》。張輯詞有「碧雲暮合」句，名《碧雲深》。無名氏有「水光摇蕩蓬萊閣」句，名《蓬萊閣》。

鄭樵《通志》云：李白《草堂集》。白，蜀人，草堂在蜀，懷故國也。《菩薩蠻》、《憶秦娥》二首，爲百代詞曲之祖。

「灞」、「漢」二字必用去聲，「陵」字，《詞譜》作「橋」。

又一體四十六字

和留守趙無愧送別　　晁補之

牽人意韻高堂照碧臨烟水叶清秋至叶東山時伴句謝公攜妓叶　黄菊雖殘堪泛蟻叶乍寒猶有重陽味叶應相記叶坐中少個句孟嘉狂醉叶

前後段不用疊三字句。

此體及趙體《詞律》失收。掛漏實多，今皆補正。

又一體四十六字　　石孝友

秦樓月韻秦娥本是秦宮客叶秦宮客疊夢雲風韻句借仙標格叶　相從無計不如休句如今去也空相憶叶空相憶疊尊前歡笑句夢中尋覓叶

與李作同，惟後起句不叶韻。

又一體四十字　　趙雍

春寂寂韻重門半掩梨花白叶芳心如醉句暗思當日叶　金釵欲墮烏雲側叶佳人望斷天涯客叶

今年又過句清明寒食叶

前後段不用疊句。

又一體四十六字　一名花深深　賀鑄

曉朦朧韻前溪百鳥啼匆匆叶啼匆匆叶淩波人去句拜月樓空叶　去年今日東門東叶鮮妝輝映桃花紅叶桃花紅叶吹開吹落句一任東風叶

鄭文妻孫氏詞名《花深深》。

此用平韻。「一」作去。

又一體三十八字　馮延巳

風淅淅韻夜雨連雲黑叶滴滴叶窗外芭蕉窗裡客叶　除非魂夢到鄉國叶免被關山隔叶憶憶叶一句枕前爭忘得叶

此下三首與李詞迥異，皆變體也。「窗裡」二字《詞譜》作「燈下」。「忘」用去聲。

愚按：　前後兩次三四句各少一字。字句雖異，體格卻同，是減字格也。下兩體同。

又一體四十一字

張先

參差竹韻吹斷相思曲叶情不足叶西北高樓窮遠目叶　憶苕溪句寒影透清玉叶秋雁南飛速叶菰草綠叶應下溪頭沙上宿叶

後起比馮詞多一字，「憶」字是襯字也。「情不足」、「菰草綠」，亦各多一字，與正調同。

又一體三十七字

毛滂

二月二十三夜松軒作

夜夜韻夜了花開也叶連忙換平指點銀瓶索酒嘗叶平　明朝花落知多少三換仄莫把殘紅掃三叶仄愁人四換平一片花飛減卻春四叶平

毛共二首，皆起韻疊字，次句即頂上一字，下換三韻。起句比馮作少一字。餘同。

桂殿秋二十七字

河漢女句玉鍊顏韻雲軿往往在人間叶九霄有路去無迹句裊裊香風生珮環叶

吴曾《能改齋漫録》：此太白詞也，有得於石刻而無其腔。劉無言倚其聲歌之，音極清雅。楊湜《古今詞話》：吴虎臣得于石刻，劉無言倚其聲歌之。

此詞見《能改齋漫録》，與《河漢女》一首句法無異。在宋人筆記中已屬兩歧，今更閱千餘年，焉能考正。姑并存之。

連理枝 三十五字

雪蓋宮樓閉韻羅幕昏金翠叶鬥壓闌干句香心淡薄句梅梢輕倚叶噴寶猊香燼句麝烟濃馥句紅綃翠被叶

《尊前集》注黄鐘宮。

此唐調也，宋詞加一疊，名《小桃紅》。

又一體 三十五字

淺畫雲垂帔韻點滴昭陽淚叶咫尺宸居句君恩斷絕句似遥千里叶望水晶簾外竹枝寒句守羊車未至叶

萬樹《詞律》以「寒」字斷句，照前首當於「馥」字斷句，不能連下讀，此詞則不當以「守」字斷句。然宋人加疊，尾句亦作五字，故兩體並列。

又一體 七十字 一名小桃紅 紅娘子 灼灼花

晏殊

玉宇秋風至韻簾幕生涼氣叶朱槿猶開句紅蓮尚拆句芙蓉含蕊叶送舊巢歸燕拂高簾句見梧桐葉墜叶　嘉宴凌晨啟叶金鴨飄香細叶鳳竹鸞絲句清歌妙舞句畫堂游藝叶願百千遐壽比神仙句有年年歲歲叶

《宋史·樂志》：太宗御製。琵琶獨彈曲破，有此名。注蕤賓調。程垓詞句《小桃紅》，又名《紅娘子》。唐教坊曲有此名，劉過詞名《灼灼花》。《南詞定律》：《紅娘子》即《朱奴兒》，因曲名，故不注。

此照前加一疊，葉字入作去。上「歲」字，各家皆用去聲，程垓二首皆用平。晏又一首第三句用「不寒不暖」，平仄異。「凌」字，一本作「清」，誤。「舊」、「鳳」、「妙」、「百」可平。「朱」、「芙」、「歸」可仄。

秋風清 三十字 一名秋風詞

秋風清韻秋月明叶落葉聚還散句寒鴉棲復驚叶相思相見知何日句此時此夜難爲情叶

一名《秋風詞》。調與寇準《江南春》同，但起句兩平韻少異，故分列。

清平樂令四十六字　或無令字　一名憶蘿月　醉東風

禁庭春晝韻鶯羽披新繡叶百草巧求花下鬥叶鬥賭珠璣滿斗叶　日晚卻理殘妝換平御前閒舞霓裳叶平誰道腰支窈窕句折旋笑得君王叶平

唐教坊曲名《宋史·樂志》：大石調大曲名。柳永《樂章集》屬越調。《九宮大成》入南詞羽調。王灼《碧鷄漫志》：歐陽炯稱白有應製《清平樂》四首，此其一也。在越調。今世有黄鐘宫、黄鐘商兩音者。張輯詞有「憶著故山蘿月」句，名《憶蘿月》。張翥詞有「明朝來醉東風」句，名《醉東風》。各本無「令」字。黄昇《花庵詞選》：「唐吕鵬《遏雲集》載應製詩四首，以後二首無清逸氣韻，疑非太白所作。明王世貞《四部稿》：楊用修所載太白《清平樂》二闋，識者謂非太白作，以其卑淺也。按太白《清平調》本三絶句而已，不應復有詞也。「滿」、「禁」、「巧」、「卻」、「折」、「笑」可平。「春」、「鶯」、「珠」、「閒」、「誰」、「腰」可仄。詞之以「令」名者始此，以「樂」名者亦始此。

又一體四十六字

李　白

畫堂晨起韻來報雪花墜叶高捲簾櫳看佳瑞叶皓色遠迷庭砌叶　盛氣光引爐烟句素影寒生玉佩叶應是天仙狂醉叶亂把白雲揉碎叶

此詞又見曾慥《樂府雅詞》，爲袁綯作。《詞譜》爲李白作。愚按：此調共六首，末一首後段獨不換韻，與前作異，恐是宋人所作。

「墜」字，《雅詞》作「墮」，出韻；「影」字作「草」，今從《詞譜》。

又一體 四十六字　　韋莊

春愁南陌韻故國音書隔句細雨霏霏梨花月句并拂畫簾金額叶　盡日相望王孫換平塵滿衣上淚痕叶平誰向橋邊吹笛句駐馬西望銷魂叶

前段第三句不叶韻，或是通叶。後段平仄異。

又一體 四十六字　　韋莊

鶯啼殘月韻綉閣香燈滅叶門外馬嘶郎欲別叶正是落花時節叶　妝成不畫蛾眉換平含愁獨倚金扉叶平去路香塵莫掃句掃即郎去歸遲叶平

《子野詞》屬大石調。《樂章集》屬越調。

後段平仄異，各家多不同，宋人每用此體。

又一體四十六字　李煜

別來春半韻觸目愁腸斷叶砌下落梅如雪亂叶拂了一身還滿叶　雁來音信無憑換平路遥歸夢難成叶平離恨卻如春草句更行更遠還生叶平

宋人多用此體。

又一體四十五字　賀鑄

小桃初謝韻雙燕還來也句記得年時寒食下句紫陌青門游冶叶　楚城滿目春華換平叶可堪游子思家平叶惟有夜來歸夢句不知身在天涯平叶

後段平韻。與前段仄韻互叶。《東山樂府》每喜用之。《詞律》失收。

又一體四十五字　童甕天

醉紅宿翠韻髻嚲烏雲墜叶管甚夜來不睡叶那更今朝早起叶　東風滿搦腰肢換平叶階前小立

多時平叶卻恨一番新雨句想應濕透鞋兒平叶

顧從敬《草堂詩餘》注一作石孝友。元名儒《草堂詩餘》詹玉有《齊天樂·贈童甕天兵後歸杭》詞，是南宋遺民也。名失考。

亦平仄互叶體。前段第三句六字，比各家少一字。

又一體二十二字　　施岳

水邊花暝韻隔岸炊烟冷叶十里垂楊搖嫩影叶宿酒如愁都醒叶

此半調也。見周密《絕妙好詞》。

漁歌子二十七字　　張松齡

樂在風波釣是閒韻草堂松桂已勝攀叶太湖水句洞庭山叶狂風浪起且須還叶

唐教坊曲名。

釋曉瑩《羅湖野録》：張松齡以《漁歌子》招其弟志和。後家鶯脰湖旁，仙去。吴人爲建望仙亭。詞之以「子」名者始此。

又一體 二十七字　　張志和

西塞山前白鷺飛韻桃花流水鱖魚肥叶青箬笠句緑蓑衣叶斜風細雨不須歸叶

《九宮大成》入南詞越調引。

李祉《樂府紀聞》：張志和嘗謁顔真卿於湖州，以舴艋敝，請更之。願爲浮家泛宅，往來苕霅間。作《漁歌子》云云。《竹坡詩話》：唐肅宗賜張志和奴名漁童，使捧釣收綸，蘆中鼓枻。婢名樵青，使蘇蘭薪桂，竹裡煎茶。號元真子。屬和《漁歌子》者甚衆。

此調張作凡五首，三首起二句平仄反。和凝、歐陽炯、李珣諸作，結句平仄互異。又一首「青箬笠」句用「釣車子」，與此異。此等皆長短句樂府。因五代加雙疊，翻成詞調，故甄録以識緣起。餘皆樂府，編列卷首，各有區別，非例不盡一也。

又一體 五十字　一名漁父　漁父樂　　顧敻

晚風清句幽沼緑韻倚闌凝望珍禽浴叶畫簾垂句翠屏曲叶滿袖荷香馥鬱叶　好攄懷句堪寓目叶身閒心静平生足叶酒杯深句光影促叶名利無心較逐叶

和凝詞名《漁父》，徐積詞名《漁父樂》。

兩起句用六字，加一疊。前後段第五句皆叶韻。

又一體五十字　孫光憲

泛流螢句明又滅韻夜涼水冷東灣闊叶風浩浩句笛寥寥句萬頃金波重疊叶　杜若洲句香鬱烈叶一聲宿雁霜時節叶經霅水句過松江句盡屬儂家風月叶

「笛寥寥」、「過松江」二句不叶韻，平仄亦與顧作異。李珣一首於第二句「又」字作「湘」，平聲。「重疊」二字。一本作「澄澈」。

又一體二十五字　蘇軾

漁父飲句誰家去韻魚蟹一時分付叶酒無多少醉爲期句彼此不論錢數叶

此單調，與李、孫兩作不同。第三句六字，少一字。

章臺柳二十七字　韓翃

寄柳氏

章臺柳韻章臺柳疊昔日青青今在否叶縱使長條似舊垂句也應攀折他人手叶

《九宮大成》入南詞越調正曲。

《太平廣記》「韓君平有友人，每將妙妓柳氏至其居。窺韓所與往還皆名人，必不久貧賤，許配之。未幾，韓從辟淄青，置柳都下三歲，寄以詞云云。柳答以《楊柳枝》云云。後爲蕃將沙吒利所劫，有虞侯許俊詐取得之，詔歸韓。又見孟棨《本事詩》。後人即名爲《章臺柳》，以姬家章臺街也。

首三字用疊句，以起句爲名，後答詞同。

楊柳枝 二十七字

答韓員外　　柳氏

楊柳枝句芳菲節韻可恨年年贈離別叶一葉隨風忽報秋句縱使君來不堪折叶

此柳姬答詞，後人又名爲《折楊柳》，與《楊柳枝》正調不同，故不類列。

轉應曲 三十二字

一名調笑　宮中調笑　三臺調笑　三臺令　轉應辭　古調笑令

韋應物

河漢韻河漢疊叶曉掛秋城漫漫叶愁人起坐相思換平塞北江南別離叶平離別離別三換仄河漢雖同路絕三叶仄

《樂苑》：《調笑》，商調曲，白居易《打嫌調笑》，自注調笑抛打，曲名也。

唐樂府名《宮中調笑》，王建詞名《調笑》，與無名氏之《調笑轉踏》不同。馮延巳詞名《三臺令》與王建之《三臺令》不同。一名《轉應辭》，因六七句有倒疊字，故名轉應。邵亨貞詞名《古調笑令》。計敏夫《唐詩紀事》：韋蘇州性高潔，所在焚香埽地，惟顧況、皎然輩得與唱酬。其小詞不多見，惟《三臺令》、《轉應曲》流傳耳。詞之以「曲」名者始此。《全唐詩》注云：詩之流有八：曰引、曰歌、曰謠、曰吟、曰怨、曰歎，皆六義餘也。至其協聲律，播金石，總謂之曲。

調笑三十二字　王建

團扇韻團扇叶美人病來遮面叶玉顏憔悴三年換平誰復商量管弦叶平弦管弦管叶仄春草昭陽路斷叶仄

此與前作同，惟末二句仍叶前仄韻不換。

古調笑令三十四字

暮春　邵亨貞

雙燕韻雙燕疊叶飛過柳梢不見叶舊時王謝堂前換平回首斜陽暮烟叶平暮烟叶平暮烟疊叶烟暮三換仄芳草落花滿路三叶仄

調見《蛾術詞選》。

第五句六字，比韋作多二字。上四字不倒疊，凡三首皆如此。

又一體三十四字

邵亨貞

春水韻春水叶薄暮曲闌更倚叶夕陽江上青山換平山外行人未還叶平未還叶平未還疊叶還未叶仄千里相思不寄叶仄

與前作同，惟末二句仍用前仄韻不換，與王作同。

調笑令六十四字

蘇軾

漁父韻漁父叶江上微風細雨叶青蓑黃篛裳衣換平紅酒白魚暮歸叶平歸暮叶仄歸暮叶仄長笛一聲何處叶仄　歸雁三換仄歸雁三叶仄飲啄江南南岸三叶仄將飛卻下盤旋四換平塞外春來苦寒四叶平寒苦叶仄寒苦叶仄藻荇欲生且住叶仄

調見東坡詞。即《轉應曲》加後疊，僅見此首。

凡四換韻，後結仍叶前仄韻。

漁父引十八字

顧況

新婦磯邊月明韻女兒浦口潮平叶沙頭鷺宿魚驚叶

唐教坊曲名。《九宫大成》入南詞大石調引。

此與《漁歌子》不同，故另列。詞中以「引」名者始此。

《樂府雅詞》徐俯《浣溪紗》詞注云：黄庭堅取此詞，與張志和《漁歌子》合爲《浣溪沙》歌之。

瀟湘神二十七字

劉禹錫

斑竹枝韻斑竹枝疊淚痕點點寄相思叶楚客欲聽瑶瑟怨句瀟湘深夜月明時叶

沈際飛《草堂詩餘箋》：此竹枝之流也。汪汲《詞名集解》：劉禹錫作小詞，仿《九歌》迎神送神調也，愚按詞：内並非迎送神詞，想可通用。

首三字必用疊句，别首同。

浪淘沙二十八字

洛水橋邊春日斜韻碧流輕淺見瓊沙叶無端陌上狂風急句驚起鴛鴦出浪花叶

唐教坊曲名。《九宮大成》入南詞越調引，與本調正曲不同。又入北詞雙角隻曲。

又一體 五十四字 一名曲入冥 賣花聲 過龍門 煉丹砂 李煜

簾外雨潺潺韻春意闌珊叶羅衾不耐五更寒叶夢裡不知身是客句一晌貪歡叶 獨自莫憑闌叶無限關山叶別時容易見時難叶流水落花春去也句天上人間叶

《九宮大成》入北詞中吕宮隻曲。即《昇平樂》，一作《賣花聲煞》。又入南詞大石調正曲。

唐調本七言絕句，南唐後主始製兩疊，嗣後多用此體。賀鑄詞名《曲入冥》，張舜民詞名《賣花聲》，與《風中柳》之別名不同。史達祖詞名《過龍門》，馬鈺詞名《煉丹砂》，惟石孝友此調用四「兒」字爲叶，乃戲筆，非正體也。程垓二首，汲古名《南鄉子》，乃寫誤。

與《浪淘沙近》、《浪淘沙慢》皆無涉，宜各列。

又一體 五十二字 柳永

有個人人韻飛燕精神叶急鏘環佩上華裀叶促拍盡隨紅袖舉句風柳腰身叶 簌簌輕裙叶妙盡尖新叶曲終獨立斂香塵叶應是四肢嬌困也句眉黛雙顰叶

《樂章集》注歇指調。《詞譜》注雙角。蔣氏《九宮譜目》注越調。《唐書·禮樂志》歇指調乃林鐘律之商聲，越調乃無射律之商聲。《九宫大成》入南詞羽調正曲。

比前李詞前後首句俱少一字，餘同。原調加「令」字，或謂凡小調俱可加「令」字。汲古閣《六十家詞》首句作「有一個人人」，「一」字衍誤。今從宋刊本《樂章集》。

又一體五十三字

琴　李之儀

霞捲雲舒韻月淡星疏叶摩徽轉軫不曾虛叶彈到當時留意處句誰是相如叶　魂斷酒家壚叶路隔雲衢叶舞鸞鏡裡早妝初叶擬學畫眉張内史句略借功夫叶

前起句四字，後起句五字，與前作異。

又一體五十五字

杜安世

簾外微風韻雲雨回踪叶銀缸冷浸錦幃中叶舊日深盟句當年心事句陡頓成空叶　嶺外白頭翁叶更没由逢叶一牀鴛被疊香紅叶明月滿庭花似綉句悶不見蟲蟲叶

前段第四五句各四字，後段尾句五字，與各家異。「舊日」二字，汲古作「枕上」，「當年」二字作「年少」，「更」字作「到」。杜又一首末句多一字，是衍誤。

又一體五十五字　杜安世

又是春暮落花飛絮叶子規啼盡斷腸聲句鞦韆庭院句紅旗彩索句淡烟疏雨叶念念相思苦叶黛眉長聚叶碧池驚散睡鴛鴦句當初容易分飛去叶恨孤負歡侶叶

此用仄韻，前後第三句不叶韻，後段第四句叶，與前作異。「負」字，汲古作「兒」誤。

竹枝二十八字

白帝城頭春草生韻白鹽山下蜀江清叶南人上來歌一曲句北人莫上動鄉情叶

唐教坊曲有《竹枝子》。

郭茂倩《樂府詩集》：《竹枝》本出巴渝，故又名《巴渝辭》。唐貞元中，劉禹錫在沅湘，以俚歌鄙陋，乃依騷人《九歌》作《竹枝》新辭九章，教里中兒歌之，由是盛於貞元、元和之間。其音協黃鐘羽，末如吴聲，含思宛轉，有淇濮之艷。

又一體十四字　一名巴渝辭　皇甫松

芙蓉並蒂（竹枝）一心連韻（女兒）花侵隔子（竹枝）眼應穿叶（女兒）

《九宮大成》入北詞雙角隻曲。《曲譜大成》云《石竹子》即唐時《竹枝歌》。考《竹枝歌》體乃七言絕句，不拘平仄。元人用作北雙角曲，易名《石竹子》。

竹枝之音起於巴蜀，唐人所作，皆言蜀中風景，如白居易、劉禹錫七言絕句。此以二句十四字成調，後人因效其體，不拘蜀地，但寫風景爲多耳。所用竹枝、女兒，乃歌時群相隨和之聲，猶《采蓮曲》之有舉棹、年少也。

又一體十四字　　皇甫松

山頭桃花（竹枝）谷底杏韻（女兒）兩花窈窕（竹枝）遥相映叶（女兒）

此用仄韻，「枝」、「兒」二字自爲叶韻。

又一體二十八字　　孫光憲

門前春水（竹枝）白蘋花韻（女兒）岸上無人（竹枝）小艇斜叶（女兒）商女經過（竹枝）江欲暮句（女兒）散抛殘食（竹枝）飼神鴉叶（女兒）

唐樂府有蜀竹枝，江南竹枝，漁家竹枝。但言《竹枝》者，蜀詞居多，見《歷代詩餘》。

此比前加一疊，孫又一首次句平仄異，想不拘。《詞律》，作皇甫松，誤。

抛球樂三十字

五色繡團圓韻登君玳瑁筵叶最宜紅燭下句偏稱落花前叶上客如先起句應須贈一船叶

唐教坊曲名。《宋史・樂志》：女弟子舞隊，三曰《抛球樂》，在夾鐘商。元詞屬黃鐘宮。胡震亨《唐音癸籤》云：酒筵中抛球爲令，其所唱之詞也，馮延巳詞有「且莫思歸去」句，名《莫思歸》。《絕妙好詞》載李肩吾詞名《摑球樂》。

五言六句，中二名對偶。劉別作及徐鉉二首皆然。

又一體三十字　　皇甫松

金蹙花球小句真珠繡帶垂韻幾回衝蠟燭句千度入香懷叶上客終須醉句觥盂且亂排叶

首句不起韻，與前異。

又一體四十字　一名莫思歸　摑球樂　　馮延巳

霜積秋山萬樹紅韻倚岩樓上掛朱櫳叶白雲天遠重重恨句黃葉烟深淅淅風叶仿佛涼州曲句吹在

誰家玉笛中叶

此詞六句，只第五句五字，餘皆七字，中二句亦對偶。比劉作字數不同，與無名氏《回紇曲》卻合，惟句中平仄全異。楊慎《詞品》以爲别名，不知何據。姑分録俟考。《絶妙好詞》有李肩吾一首與此同，但於「重重恨」、「淅淅風」作「亂于柳」、「凝似錫」，平仄異。

楊柳枝 二十八字　一名柳枝

白居易

一樹春風萬樹枝韻嫩于金色軟于絲叶永豐東角荒園裡句盡日無人屬阿誰叶

唐教坊曲名，白詩原注洛下新聲。《唐書·樂志》：梁樂府有《胡吹歌》，即鼓角横吹曲《折楊柳》是也。按古樂府又有《小折楊柳》，相和大曲有《折楊柳行》，清商四曲有《月節折楊柳歌》十三曲，與此不同。何光遠《鑒戒録》：《柳枝歌》，亡隋之曲也。《古今詞話》：《柳枝》，樂府作《折楊柳》，爲漢鐃歌横吹曲，蓋邊詞别曲也。《詞律》：詠柳詞也，不比竹枝泛用。

范攄《雲溪友議》：白居易有妓樊素善歌，小蠻善舞，因作楊柳詞以託意云云。及宣宗朝，國樂唱是詞，上問誰詞，永豐在何處，左右具以對，遂命取永豐柳兩枝植于禁中。白又爲詩一章（節録）。亦見孟棨《本事詩》。「東角荒園裡」五字，《雲溪友議》作「坊裡東南角」。

添聲楊柳枝 四十字

顧夐

秋夜香閨思去聲寂寥韻漏迢迢叶鴛幃羅幌麝烟消叶燭光摇叶　正憶玉郎游蕩去换仄無尋處叶仄

更聞簾外雨瀟瀟叶平滴芭蕉叶平

《碧鷄漫志》：隋有此曲，傳至開元，今黄鐘商有《楊柳枝》曲，每句下各增三字一句。此乃唐時和聲，如《竹枝》、《漁父》，今皆有和聲也，舊詞多側字起頭，第三句亦側字起，聲度差穩耳。此即前調每句下加三字，所謂攤破是也，故名《添聲》。詞之以「添聲」名者始此。《詞律》：《賀聖朝影》字法句法皆與此同，只後段「無尋處」之「處」字，叶前後韻，故於此爲各調。張泌一首，「鴛幃」句平仄全反，「無尋處」「尋」字用仄，餘同。「光」字，《詞譜》作「花」，誤。

又一體四十字　　無名氏

簌簌花飛一雨殘韻乍衣單叶屏風數幅畫江山叶水雲間叶　別易會難無計那句淚潸潸叶夕陽樓上憑闌干叶望長安叶

後段次句叶平韻，當是《賀聖朝影》，誤寫調名。

又一體四十四字　　朱敦儒

江南岸句（柳枝）叶江北岸句（柳枝）叶折送行人無盡時叶恨分離叶（柳枝）叶　酒一杯叶（柳枝）叶淚雙垂叶（柳枝）叶君到長安百事違叶幾時歸叶（柳枝）叶

此《柳枝》之變體也。「柳枝」二字當如「竹枝」、「女兒」作和歌之語，且與上下叶韻，如今時曲之品頭也。

花非花 二十六字

花非花句霧非霧韻夜半來句天明去叶來如春夢不多時句去似朝雲無覓處叶

《詞品》：白樂天詞云云，蓋其自度之曲，因情生文，雖《高唐》、《洛神》奇麗不及也。

此以首句三字爲名。愚按：此等長短句詩，可平可仄皆不必注，所謂一三五不論也。

長相思 三十六字 一名山漸青 雙紅豆 憶多嬌 吳山青 青山相送迎

汴水流韻泗水流叶流到瓜洲古渡頭叶吳山點點愁叶　思悠悠叶恨悠悠叶恨到歸時方始休叶月明人倚樓叶

唐教坊曲名。《樂章集》屬林鐘商。《九宮大成》入南詞商調引。與柳永之《長相思慢》無涉，宜分列。

《集解》：梁陳樂府多取古詩《長相思》作起句，調名本此。張輯詞有「江南山漸青」句，名《山漸青》，一名《雙紅豆》，一名《憶多嬌》。周密詞名《吳山青》，王行詞因林逋詞句，名《青山相送迎》。上「點」字，宜用平聲者多。「思」去聲。「人」可仄。

又一體 三十六字

深畫眉韻淺畫眉叶蟬鬢鬅鬙雲滿衣叶陽臺行雨回叶　巫山高句巫山低叶暮雨瀟瀟郎不歸叶空房獨守時叶

換頭句不叶韻。「行」、「獨」作平。

又一體 三十六字　劉光祖

玉尊涼韻玉人涼叶若聽驪歌須斷腸叶休教成鬢霜叶　畫橋西句畫橋東換平有淚分明清漲同叶二平如何留醉翁叶二平

後段換韻，起句亦不叶。「教」、「成」、「留」平聲。

又一體 三十六字　續雪穀

心悠悠韻恨悠悠叶誰剪春山雨點愁叶笙寒燕子樓叶　曉星稀換平暮雲飛叶二平織就回文不下

機叶二平花飛人未歸叶二平

見《陽春白雪》。續雪穀名未詳。

後段亦換韻，起句亦叶。

相思令三十六字

林逋

吴山青韻越山青叶兩岸青山相對迎叶争忍有離情叶　君淚盈叶妾淚盈叶羅帶同心結未成叶江邊潮已平叶

張先詞屬雙調。

此首見《樂府雅詞》，名《相思令》，即《長相思》。因第三句，故一名《青山相送迎》，或「送」字訛寫「對」字，惟「争忍」句平仄與各家異。

憶江南二十七字　一名謝秋娘　江南憶　春去也　夢江口　望江南　夢江南　望江梅

江南好句風景舊曾諳韻日出江花紅勝火句春來江水緑於藍叶能不憶江南叶

唐教坊曲名有《望江南》、《夢江南》。《碧鷄漫志》：此曲自唐至今，皆南吕宫。《九宫大成》入北詞小石角套曲。一名《歸塞北》，入北詞大石角隻曲。

段安節《樂府雜録》：始自朱厓李太尉鎮浙日，爲亡妓謝秋娘所撰，本名《謝秋娘》，後改此名。白居易思吴宫錢塘之勝，又名《江南憶》。劉禹錫詞名《春去也》。温庭筠詞名《夢江口》。又有「獨倚望江樓」句，名《望江南》。皇甫松詞有「閒夢江南梅熟日」句，名《夢江南》。李煜詞名《望江梅》。或云白居易及晚唐詞皆單調二十七字，至宋方加後疊，則知隋詞乃贋作。程明善《嘯餘譜》乃合李後主「多少恨」、「多少淚」二首爲一，指爲雙調兩韻，更謬。愚按：隋詞語氣，迥不類六朝風格，自是贋作無疑，故不録。

江南柳

五十四字　一名安陽好　步虛聲　夢游仙　壺山好　望蓬萊　歸塞北

隋堤　張先

隋堤遠句波急路塵輕韻今古柳橋多送别叶見人分袂亦愁生叶何況自關情叶　斜照後句新月上西城叶城上樓高重倚望句願身能似月亭亭叶千里伴君行叶

《子野詞》屬南吕宫。《太平樂府》注大石調。

韓琦詞有「安陽好」句，名《安陽好》。蔡真人詞有「閒引步虛聲」句，名《步虛聲》。張鎡詞有「飛夢去，閒到玉京游」句，名《夢游仙》。宋自遜詞名《壺山好》，邱處機詞名《望蓬萊》。《太平樂府》名《歸塞北》。

馮贄《南部烟花記》：帝既作龍鳳舸，因製湖上曲《望江南》八闋，多令宫中美人歌之。韓偓《海山記》：隋開西苑，鑿湖泛舟，作《望江南》調八闋，有《湖上月》、《湖上柳》八首。

此照白詞加一疊。

憶江南五十九字

馮延巳

去歲迎春樓上月韻正是西窗句夜涼時節叶玉人貪睡墜釵雲换平粉消妝薄見天真叶平　人非風月長依舊三换仄破鏡塵筝句一夢經年瘦三叶仄今宵簾幕颺花陰四换平空餘枕淚獨傷心四叶平

凡用四换韻，句法與前調全異。

如夢令三十三字　一名憶仙姿　醉桃源　宴桃源　比梅　無夢令

前度小花静院韻不比尋常時見叶見時又還休句愁卻等閑分散叶腸斷叶腸斷疊叶記取釵横鬢亂叶

《九宮大成》入南詞小石調。許寶善《自怡軒詞譜》入南詞大石調引。

蘇軾詞注：此曲本後唐莊宗所製，名《憶仙姿》，嫌其名不雅，易名《如夢令》。《古今詞話》：莊宗修内苑，掘土有綉花碧色，中得斷碑，中有三十二字。令樂工入律歌之，名《憶仙姿》。《古今詞譜》：《如夢令》，小石調曲，有傳自莊宗者，有傳自吕仙者。莊宗於宫中掘得石刻，名曰古記，取調中二字爲名，曰《如夢令》。不知先曾有一闋，傳是吕仙之曲。别刻又云無名氏作，非吕仙也。米友仁詞名《醉桃源》，黄庭堅詞以莊宗詞有「曾宴桃源深洞」句，名《宴桃源》。張輯詞有「比着梅花誰瘦」句，名《比梅》。彭致中《鳴鶴餘音》名《無夢令》。愚按：白樂天在莊宗，吕仙之前，自應以此首爲冠。莊宗、吕仙之詞與此無異，故不録。又《詞譜》以沈會宗詞别名不見，沈詞是誤以題爲調，故不注。説詳《尋梅》下。

《集解》：此詞加一疊，名《如意令》，蓋唐武后有《如意娘》曲，詞名兩襲之。「腸斷」四字必用疊句叶韻。莊宗詞於第三句作「長記別伊時」。「記」字用仄，各家同。「小」、「静」、「見」、「記」可平。「尋」、「時」、「釵」可仄。

又一體 三十三字

春景　吴文英

鞦韆爭鬧粉牆韻閒看燕紫鶯黄叶啼到緑陰處句喚回浪子閒忙叶春光叶春光叶正是拾翠尋芳叶

此用平韻，僅見此首。「看」用平聲。

一七令 五十五字

詩韻瑰美句瑰奇叶明月夜句落花時叶能助歡笑句亦傷別離叶調清金石怨句吟苦鬼神悲叶天下只應我愛句世間唯有君知叶自從都尉別蘇句句便到司空送白辭叶

《唐詩紀事》：白樂天分司東洛，朝賢悉會興慶池亭送別。酒酣，各請賦一字至七字詩，以題爲韻。後遂沿爲詞調。

又一體五十六字　張南史

花韻花疊深淺句芬葩叶凝爲雪句錯爲霞叶鶯和蝶到句苑佔宮遮叶已迷金谷路句頻駐玉人車叶芳草欲陵芳樹句東家半落西家叶願得春風相伴去句一攀一折向天涯叶

此首句疊字。

又一體五十六字　張南史

雪韻雪疊花片句玉屑叶結陰風句凝暮節叶高嶺虛晶句平原廣潔叶初從雲外飄句還向空中噎叶千門萬户皆静句獸炭皮裘自熱叶此時雙舞洛陽人句誰悟郢中歌斷絕叶

此亦首句疊字，用仄韻。

又一體五十五字　韋式

竹韻臨池句似玉叶裛霜静句和烟綠叶抱節寧改句貞心自束叶渭曲種偏多句王家看不足叶仙杖正

驚龍化句美實當隨鳳熟叶唯愁吹作別離聲句回首鴛驂舞陣速叶

單調十三句，七仄韻。

步虛詞二十七字

李德裕

仙女下句董雙成韻漢殿夜涼吹玉生叶曲終卻從仙官去句萬户千門正月明叶

胡仔《苕溪漁隱叢話》：《桂花曲》二首，《許彦周詩話》謂是李衛公作，《湘江詩話》謂是均州武當山石壁上刻之，云神仙所作，未詳孰是。《詞苑》引孫宗聯《東皋雜録》，范德孺謫均州，偶游武當山石室極深處，有題此曲於崖上。此詞或名《步虛詞》，與《西江月》之别名不同，詞中以「詞」名始此。又以爲李白作，宋人筆記各説互異，殊難辨證。姑分列俟考。

八六子九十字

杜牧

洞房深韻畫屏燈照句山色凝翠沉沉叶聽夜雨冷滴芭蕉句驚斷紅窗好夢句龍烟細飄綉衾叶辭恩久歸長信句鳳帳蕭疏椒殿句閑扃輦路苔侵叶綉簾垂豆遲遲漏傳丹禁句蕣華偷悴句翠鬟羞整句愁坐豆望處金輿漸遠句何時彩仗重臨叶正銷魂句梧桐又移翠陰叶

洪邁《容齋四筆》：秦少游《八六子》詞，語句清峭，爲名流推激。予家舊有建本《蘭畹曲集》，載杜牧之一詞，但記其末句云：「正銷魂，梧桐又移翠陰」秦公蓋效之，似差不及也。

詞之用長調者始此。「細飄綉衾」，「又移翠陰」，必用去平去平，勿誤。《詞律》謂前段當於「綉衾」住，「鳳帳」至「苔侵」十二字應在「殿」字分句，六字兩句，况「扃」字不是閉口韻，非叶，此論甚協，與秦、晁諸作皆合。且調名《八六子》，詞中多用六字句，或因是歟？至謂詞有訛處，觀晁作於「整」字用「萍」字叶韻，「愁坐」二字是二字領起下兩六字句，與前段「聽」字同。詞中八字九字句，多用此法，不勝縷指。晁用「難相見」三字，亦是三字領起，當於「坐」字略逗。《詞律》謂三字領易讀易填，二字難讀難填，殊不可解。楊作用「叢」字叶，則是誤筆，無可疑議。「坐」字，《詞律》作「重」，誤。「細」、「綉」、「又」、「翠」可平。

愚按：晚唐詞皆小令，此調及《洞仙歌》始爲長調。體段雖具，格律尚未完善，故前少後多耳。迨宋初張、柳兩家創製慢曲，有起調、換頭、煞尾，前後段相同，規模於是乎備，實濫觴於此也。

又一體 九十一字

重九即事呈徐倅祖禹十六叔　晁補之

喜秋晴韻淡雲縈縷句天高群雁南征叶正露冷初減蘭紅句風緊潛凋柳翠句愁人夢長漏驚叶重陽景物淒清叶漸老何時無事句當歌好在多情叶暗自想豆朱顏並游同醉句宦名繮鎖句世路蓬萍叶難相見豆賴有黃花滿把句從教緑酒深傾叶醉休醒叶醒來舊愁旋去聲生叶

此詞明晰無訛，惟後段首句叶韻，「萍」字亦叶，「難相見」用三字，「醒」字亦叶，與杜作異。晁爲北宋人，去唐不遠，作者但依此體可也。《詞律》分秦、杜爲二體，謬。「夢」、「漏」、「舊」、「旋」可平。「柳」字一本作「砌」，「歌」字作

「歡」、「潛」字叶《譜》作「漸」，「來」字作「時」。

又一體八十八字

春怨　　秦　觀

倚危亭韻恨如芳草句萋萋刬盡還生叶念柳外青驄别後句水邊紅袂分時句愴然暗驚叶　無端天與娉婷叶夜月一簾幽夢句春風十里柔情叶奈回首豆歡娛漸隨流水句素弦聲斷句翠綃香減句那堪豆片片飛花弄晚句濛濛殘雨籠晴叶正銷凝叶黄鸝又啼數聲叶

此詞「愴然暗驚」句，比杜作少二字，諸家皆六字，玩詞意當有訛脱，然後李、王兩作皆四字。《詞律》謂後段「奈回首」下三十一字始叶韻，疑系傳訛。予謂此詞與杜作悉合，並無疑竇。後楊作是仿晁體，變化句法，不得以後人證前人也。叙列時代，是非立辨。「奈回首」三字，各本作「怎奈何」，今據《詞譜》改。「愴」、「暗」、「又」、「數」可平。

又一體八十九字

牡丹次白雲韻　　楊　纘

怨殘紅韻夜來無賴句雨催春去匆匆叶但暗水新流芳恨句蝶淒蜂慘句千林嫩緑迷空叶　那知國色還逢叶柔弱華清扶倦句輕盈洛浦臨風叶細認得豆凝妝點脂勻粉句露蟬聳翠句蕊金團玉成

叢叶幾許愁隨笑解句一聲歌轉春融叶眼朦朧叶憑闌干豆半醒平聲醉中叶

《歷代詩餘》於「臨風」句分段，與各家不合，當從《詞律》。前段第五六句四下六字，比各家少二字。「緑」字仄，「迷」字平，後段六句六字，多二字，「叢」字叶。七句上少領字。後結句七字多一字，與各家異。通體明白曉暢，並非遺誤。楊守齋精於律吕，著有《作詞五要》，爲玉田所推服，不應誤填，必有所據也。《詞律》於「凝妝」斷句，誤。又謂「雨」字宜平，勿用去聲，「憑」字宜作平聲，多一「干」字，謬甚。凡結句各家詞每增減一二字，不必拘泥。既用「憑闌干」三字，則「憑」字當仄，不可連用三平。白雲，名趙崇嶓，惜原詞不傳，無從考證。「嫩」、「迷」、「半」、「醉」可平。

又一體 八十四字

次篔房韻　李演

乍鷗邊句一番腴緑句流紅又怨蘋花韻看晚吹約晴歸路句夕陽分落漁家叶輕寒半遮叶縈情芳草無涯叶還報舞香一曲句玉飄幾許春華叶正細柳青烟句舊時芳陌句小桃朱户句去年人面句誰知豆此日重來繫馬句東風淡墨欹鴉叶黯窗紗叶人歸緑陰自斜叶

《詞律》作李濱，誤。

與秦作同。前段起句「邊」字不起韻，第五句「家」字叶韻。前結句亦四字。後段四五六句各四字。此破句法也，與各家異。七句六字不叶。《詞律》缺「舊時芳陌」四字，據《絕妙好詞》補。「去年人面」句當四字，與杜、秦作合。《詞律》于「知」字斷句，非。結句「緑」字以入作去。「晚」字，《詞律》作「曉」，「飄」字作「瓢」，誤。「半」、「緑」、「自」可平。「輕」宜去。「吹」、「緑」作去。

又一體八十二字　一名感黄鸝　　王沂孫

掃芳林韻幾番風雨匆匆句老盡春禽叶漸薄潤侵衣不斷句嫩涼隨扇初生叶晚窗自吟叶　沉沉叶幽徑芳尋叶晻靄苔香簾淨句蕭疏竹影庭深叶漫忘卻豆寶釵蟲折句綃屏鸞破句當時豆暗水和雲泛酒句空山留月聽琴叶料如今叶門前數重翠陰叶

因秦詞尾句，一名《感黄鸝》。

此同秦作，只後段第四句七字少一六字句。一本有「蛾眉晨妝慵掃」六字，换頭第二字叶韻，亦藏韻也，餘同。「掃」字一作「洗」，「忘」字作「淡」，「拆」字作「散」，「綃」字作「綉」，「酒」字作「雨」。「晚」、「自」、「數」、「翠」可平。

又一體九十一字　　柳永

如花貌韻當來便約句永結同心偕老叶妙年俊格句聰明伶俐句多方憐愛句何期養成心性句近元來都不相表叶漸作分飛計料叶　稍覺因情難供句恁煩惱叶争克罷同歡笑叶已是斷弦尤續句覆水難收句常向人前誦談句空遺時傳音耗叶慢悔懊叶此事何時壞了叶

《樂章集》屬正平調。

此用仄韻體，僅見此首。各譜俱失載，今據宋本補。體格與杜作相同，只「近元來」句多一字，已是二領字，在第四句上，其餘字句無異。「尤」字，疑誤。「計」、「壞」可平。

南歌子 二十三字 一名春宵曲 碧窗夢 十愛詞

温庭筠

手裡金鸚鵡句胸前綉鳳凰韻偷眼暗形相叶不如從嫁與句作鴛鴦叶

唐教坊曲名，以温詞有「恨春宵」句，一名《春宵曲》。張泌詞有「驚斷碧窗殘夢」句，名《碧窗夢》。鄭子明詞有《我愛沂陽好》詞十首，名《十愛詞》。「偷」可仄。「不」可平。

又一體 二十六字 一名水晶簾

張泌

柳色遮樓暗句桐花落砌香韻畫堂開處晚風涼叶高捲水晶簾額句襯斜陽叶

因第四句又名《水晶簾》，與《江城子》之別名無涉。第三句七字，第四句六字，與前異。「畫」、「水」可平。「開」、「高」可仄。

又一體 五十二字 一名望秦川 風蝶令

毛熙震

遠山愁黛碧句橫波慢臉明韻膩香紅玉茜羅輕叶深院晚堂人靜句理瑤箏叶　鬟動行雲影句裙遮點屐聲叶嬌羞愛問曲中名叶楊柳杏花時節句幾多情叶

張先詞屬林鐘商。

程垓詞名《望秦川》。田不伐詞有「簾風不動蝶交飛」句，名《風蝶令》。

此即張詞加一疊，「遠山」句平仄拗。《詞律》不收五代，反以宋詞爲式，亦奇。

又一體 五十二字 歌一作柯　　孫光憲

艷冶青樓女句風流似楚真韻驪珠美玉未爲珍叶窈窕一枝芳柳句入腰身叶　舞袖頻回雪句歌聲幾動塵叶慢凝秋水顧情人叶衹爲傾城著處句覺生春叶

蘇軾詞，名《南柯子》。

此調歐陽炯《花間集》未載。宋人多用此體。起句平仄與毛作異。

又一體 五十四字　　周邦彥

膩頸凝酥白句輕衫淡粉紅韻碧油涼氣透簾櫳叶指點庭花低影句雲母屏風叶　恨逐瑤琴寫句書勞玉指封叶等閑贏得瘦儀容叶何事不教雲雨句略下巫峰叶

兩結句各四字，比毛、孫兩作多二字。

又一體五十二字

石孝友

春淺梅紅小句山寒嵐氣薄韻斜風吹雨入簾幕叶夢覺西樓嗚咽句數聲角叶　歌酒工夫懶句別離情緒惡叶舞衫寬盡不堪着叶若比那回相見句更消削叶

此用入聲韻，兩結句語氣一貫。

荷葉杯二十三字

唐教坊曲名。

鏡水夜來秋月韻如雪叶采蓮時換平小娘紅粉對寒浪換仄惆悵叶仄正思維叶平

凡三易韻。「對」字必用去聲爲妙。「雪」字、「悵」字句中用韻，後世藏韻所自起也。

又一體二十六字

顧　敻

春盡小庭花落韻寂寞叶憑檻斂雙眉換平忍教成病憶佳期叶平知摩知叶平知摩知疊叶平

凡兩易韻。第三句多二字，結處疊三字，與前異。「摩」應作「麽」。

又一體五十字　韋莊

記得那年花下韻深夜叶初識謝娘時換平水堂西面畫簾垂叶平攜手暗相期叶平　惆悵曉鶯殘月三換仄相别三叶仄從此隔音塵四換平如今俱是異鄉人四叶平相見更無因四叶平

《古今詞話》：韋莊以才名寓蜀，王建割據，遂羈留之。莊有寵人姿質艷麗，善詞翰，建聞之，托以教内人爲詞。强莊奪去。莊追念悒怏，作《荷葉杯》、《小重山》詞，情意淒怨。人相傳播，盛行於時。姬後傳聞之，遂不食而卒。此比前加一疊，詞中以單疊衍爲雙疊者始此。凡四易韻，前後第三句各五字。兩結用五字句，不用藏韻，與前異。

蕃女怨三十一字

萬枝香雪開已遍韻細雨雙燕叶鈿蟬箏句金雀扇叶畫梁相見叶雁門消息不歸來換平又飛回叶平

詞之以「怨」名者始此。

「已」字、「雨」字必用仄聲。「細」、「畫」可平。「鈿」去聲。

遐方怨三十二字

花半坼句雨初晴韻未捲珠簾句夢殘惆悵聞曉鶯叶宿妝眉淺粉山横叶約鬟鸞鏡裡句綉羅輕叶

唐教坊曲名。

「夢」字必用去聲，「聞」字用平聲。温別作於「悵」字用平。

又一體六十字

顧夐

簾影細句簟紋平韻象紗籠玉指句縷金羅扇輕叶嫩紅雙臉似花明叶兩條眉黛遠山横叶　鳳簫歇句鏡塵生叶遼塞音書絕句夢魂長暗驚叶玉郎經歲負娉婷叶教人怎不恨無情叶

此雙疊。第三四句各五字，六句七字，與前調句法異。「象紗」句與後段「遼塞」句平仄異。孫光憲一首與後段同。

「影」、「兩」、「鳳」可平。「簾」、「簫」、「長」、「教」可仄。

訴衷情三十三字

鶯語韻花舞叶春晝午叶雨霏微換平金帶枕三換仄宮錦叶三仄鳳凰帷叶平柳弱燕交飛叶二平依依叶二平遼陽音信稀叶二平夢中歸叶二平

唐教坊曲名。

與《訴衷情近》無涉，故另列。

凡三換韻。「音」字必用平聲。「語」字、「舞」字、「錦」字，皆藏韻於句中。詞之用藏韻者始此，北宋柳、蘇間用之，南宋人則盛行矣，亦踵事而增華也。「柳」可平。「遼」可仄。

又一體 三十三字

韋莊

碧沼紅芳烟雨靜句倚蘭橈韻垂玉佩換仄交帶叶仄裊纖腰叶平鴛夢隔星橋叶平迢迢叶平越羅香暗銷叶平墜花翹叶平

起句七字不用韻，凡再換韻。《圖譜》於「纖腰」分段，作雙調，殊可不必。「帶」字不注叶，誤。「香」字必用平。

又一體 三十七字

顧敻

永夜抛人何處去句絕來音韻香閣掩換仄眉斂叶仄月將沉叶平争忍不相尋叶平怨孤衾叶平換我心爲你心叶平始知相憶深叶平

「怨孤衾」比前一作多一字，末二句一六一五字，多三字。「爲」字、「相」字必用平聲。

又一體 三十三字

擬古　　邵亨貞

晝永韻人靜叶花弄影叶小紅妝换平斜倚畫闌畔句看鴛鴦叶平風暖思悠揚叶平橫塘叶平桃花流水香叶平盼劉郎叶平

「晝」字、「畔」字不叶韻，餘同温作。「思」去聲。

又一體 四十一字　一名桃花水　　毛文錫

桃花流水漾縱横韻春晝彩霞明叶劉郎去句阮郎行叶惆悵恨難平叶　愁坐對雲屏叶算歸程叶何時攜手洞邊迎叶訴衷情叶

《九宫大成》入南詞小石調引。

因首句故名《桃花水》。

毛作二首，末句俱用「訴衷情」三字。或如《戀情深》體。魏承班一首末句用「恨迢迢」。「流」、「春」、「郎」、「惆」、「愁」、「攜」可仄。

又一體四十四字　一名一絲風　訴衷情令

晏殊

東風楊柳欲青青韻烟淡雨初晴叶惱他香閣濃睡句撩亂有啼鶯叶　眉葉細句舞腰輕叶宿妝成叶一春芳意句三月和風句牽繫人情叶

張先詞、《樂府集》俱屬林鐘商。

張輯詞有「一鈎絲風」句，名《一絲風》。

宋人多用此體。「閣」字必用仄聲，勿誤。「惱他」句平仄互異，然如此詞者多。嚴仁於第二句用「人間無此愁」，平仄與各家異。「三月」句有用平平仄仄者，不可從。

又一體四十五字

眉意

歐陽修

清晨簾幕捲輕霜韻呵手試梅妝叶都緣自有離恨句故畫作豆遠山長叶　思往事句惜流光叶易成傷叶擬歌先斂句欲笑還顰句最斷人腸叶

前段尾用六字，與前異。又趙長卿一首，前結句用「臂間皓齒留香」，第三字不豆，「欲笑」句用「痕兒見在」平仄異。因字句同，不另録。「梅」字，棄「譜」作「新」。「有」可平。

又一體 四十五字

李清照

夜來沉醉卸妝遲韻梅萼插殘枝叶酒醒熏破句惜春夢遠句又不成歸叶　人悄悄句月依依叶翠簾垂叶更挼殘蕊句更捻餘香句更得些時叶

前後結三句各四字。此破句法也。

漁父家風 四十六字

張元幹

八年不見荔枝紅韻腸斷故園東叶風枝露葉誰新采句悵望冷香濃叶　冰透骨句玉開容叶想筠籠叶今宵歸夢句滿頰天漿句更御冷風叶

《詞律》以句法與《訴衷情》相合，疑是一調，並以「新」字爲衍文。考《樂府雅詞》所載俞紫芝《阮郎歸》一闋，確是《訴衷情》誤寫調名。詞内有「漁父家風」句，故蘇庠《訴衷情》二闋注云：《漁父家風·醉中贈韋道士》是本俞詞而爲别名也。惟「風枝」句，俞、蘇皆作六字，與歐作同。嚴仁一首于此句，作「無情江上東流去」，與此同。可見有此二體，「新」字非衍文也。蘇作二首平仄全反，與此異。愚按：詞調别名甚多，固不可專尚新名，致失本意。亦不必盡并原調，無所區别，二者俱屬偏見。本譜必注明某人名某調，某體一名某調，分晰明白，使作者擇用。如此調雙疊，可名《一絲風》。從毛體可名《桃花水》，從張體可名《漁父家風》。但不得以韋、温單調諸體名之曰《一絲風》等名也。斯爲得中，後仿此。

思帝鄉三十六字

花花韻滿枝紅似霞叶羅袖畫簾句腸斷卓金車叶回面共人閒語句戰篦金鳳斜叶惟有阮郎春盡句不還家叶

《詞律》於「斷」字句，後韋作亦如此斷句。「滿」字仄聲。「紅」字平聲，不可易。「戰篦」句亦然。《詞律》注「戰」字可平，「金」字可仄，無證，不必從。

愚按：詞之句讀，大有分別，舊譜皆隨意分句，《詞律》以前後段比較，殊多未協，茲編必以各名家詞爲證，亦以經注經之意也。

又一體三十四字　一名萬斯年曲

韋　莊

春日游韻杏花吹滿頭叶陌上誰家年少句足風流叶妾擬將身嫁與句一生休叶縱被無情棄句不能羞叶

首二句八字，比温作多一字。第六句少二字，七句少一字。「吹」用平。「杏」、「陌」、「妾」、「嫁」、「縱」可平。「誰」、「將」可仄。

又一體三十三字　　韋莊

雲髻墜句鳳釵垂韻髻墜釵垂句無力枕函攲叶翡翠屏深月落句漏依依叶說盡人間天上句兩心知叶

起二句兩三字，比温作少一字，比前作少二字。

定西番三十五字

漢使昔年離別韻攀弱柳句折寒梅换平上高臺叶平　千里玉關春雪叶仄雁來人不來叶平羌笛一聲愁絕叶仄月徘徊叶平

唐教坊曲名。

凡六字句者三，用仄韻自爲叶。温有一首同。又一首兩起句叶仄，後段第三句不叶。「漢」、「昔」、「玉」、「一」可平。「千」、「人」、「羌」、「愁」可仄。

又一體三十五字　　牛嶠

紫塞月明千里句金甲冷句戍樓寒韻夢長安叶　鄉思望中天闊句漏殘星亦殘叶畫角數聲嗚

咽句雪漫漫叶

此不用仄韻。「思」去聲。

執胡琴者九人　張先

又一體四十一字

捍撥紫檀金襯句雙秀萼句兩回鸞韻齊學漢宮妝樣句競嬋娟叶　三十六弦蟬鬧句小絃蜂作團叶聽盡昭君幽怨句莫重彈叶

《子野詞》屬高平調。

前段第四句六字，餘同。《詞律》未收此體。

玉蝴蝶四十一字

秋風淒切傷離韻行客未歸時叶塞外草先衰叶江南雁到遲叶　芙蓉凋嫩臉句楊柳墮新眉叶搖落使人悲叶斷腸誰得知叶

《九宮大成》入南詞越調正曲。

與柳永九十九字體不同。《詞律》謂與《蝴蝶兒》相近，不知前段第三句少二字，後段三句多二字，並非一調，故分列。

「誰」字必用平聲，勿誤。

又一體四十二字

詠蝶詞　　孫光憲

春欲盡句景仍長韻滿園花正黄叶粉翅兩悠揚叶翩翩過短牆叶　鮮飇暖換仄牽游伴叶仄飛去立斜陽叶平無語對蕭娘叶平舞衫沉麝香叶平

《集解》：名始於孫光憲。愚按：温爲晚唐人，在孫前，當不始於孫。前後起兩三字句，比温作多一字。「鮮」字，《詞律》作「解」，誤。「斜陽」二字，一作「殘芳」，今據《歷代詩餘》改正。「沉」用平聲。

詞繫卷二

唐

更漏子 四十六字

秋思　　温庭筠

金雀釵句紅粉面韻花裡暫時相見叶知我意句感君憐換平此情須問天叶平　香作穗三換仄蠟成淚叶三仄還似兩人心意叶三仄山枕膩句錦衾寒換平覺來更漏殘叶平

唐教坊曲有《更漏長》名。《尊前集》注大石調，又屬商調。張先詞屬林鐘商。《九宮大成》入南詞高大石調正曲。與杜安世之長調無涉，宜分列。

此以結句立名，後段起句宋人用「仄平平平仄仄」居多。兩結「須」、「更」二字有用仄者，然用平爲宜，凡三換韻。「雀」、「暫」、「此」、「作」、「蠟」、「兩」、「覺」可平。「金」、「花」、「相」、「知」、「還」、「心」、「山」可仄。

又一體四十五字

玉闌干句金甃井韻月照碧梧桐影叶獨自個句立多時換平露華濃濕衣叶平　一晌三換仄凝情望叶三仄待得不成模樣叶三仄雖叵耐句又尋思叶平怎生嗔得伊叶平

後起兩句一二一三字，皆叶韻，餘同。此調歐陽炯《花間》未載。「濃」、「嗔」必用平。

又一體四十五字　　韋莊

鐘鼓寒句樓閣暝韻月照古桐金井叶深院閉句小庭空換平落花香露紅叶平　烟柳重句春霧薄三換仄燈背水窗高閣三叶仄閒倚户句暗沾衣四換平待郎郎不歸四叶平

後起句不用韻，凡四換韻。「香」、「郎」必用平。

又一體四十九字　　歐陽炯

三十六宮秋夜永句露華點滴高梧韻丁丁玉漏咽銅壺叶明月上金鋪叶　紅綫毯句博山爐叶香

風暗觸流蘇叶羊車一去長青蕪叶鏡塵鸞彩孤叶

許氏《詞譜》入南詞高大石調。調見《尊前集》。通用平韻，而前段首句、三句，後段四句，皆七字，與温、韋作不同，「鸞彩孤」三字或作「彩鸞孤」。「彩」字，葉《譜》作「影」。「鸞」字必用平。

又一體四十六字　孫光憲

掌中珠句心上氣韻愛惜豈將容易叶花下月句枕前人換平此生誰更親叶平　交頸語句合歡身叶平便同比目金鱗叶平連綉枕句卧紅茵叶平霜天似暖春叶平

後段不換韻，即叶前平韻。此體見《詞律》，各本皆不載，不知何出？或人名誤寫耳。

又一體四十六字　歐陽修

風帶寒句枝正好韻蘭蕙無端先老叶情悄悄句夢依依換平離人殊未歸叶平　褰羅幕三換仄憑朱閣三叶仄不獨堪悲摇落三叶仄月東出句雁南飛叶平誰家夜搗衣叶平

上半换仄韻，下半平韻不换，凡三换韻。「殊」必用平。

又一體四十六字　　賀鑄

上東門句門外柳韻贈别每煩纖手叶一葉落句幾番秋换平叶江南獨倚樓平叶　曲闌干句凝佇久仄叶薄暮更堪搔首仄叶無際恨句見閑愁平叶侵尋天盡頭平叶

此平仄互叶體。《詞律》失收。「天」必用平。

又一體四十六字　　缺名

寶香瓶句桐葉捲韻蕩水痕微還遠叶思鄉信句覺春遲换平野梅初見時叶平　上潮風句臨晚渡三换仄人欲過西江去三叶仄吹塞管句隴雲低叶平江南花未知叶平

見黄大輿《梅苑》，與歐體同，惟後起句不叶韻。「初」、「花」必用平。

又一體四十五字　　晏殊

三月暖風句開卻好花無限了韻當年叢下落紛紛换平最愁人叶平　長安多少利名身叶平若有一

杯香桂酒句莫辭花下醉芳茵叶平且留春叶平

此與前各體迥異，晏凡二首，細按與司空圖《酒泉子》無二，是《汲古》誤寫調名。此類甚多，今皆詳細辨正。「暖」、「好」、「一」、「莫」可平，「開」、「叢」、「長」、「多」、「花」可仄。

愚按：汲古閣《六十家詞》搜羅宏富，洵有功於詞學，惜讎校不精，訛脱太甚。《詞律》皆沿其誤，不免後人訾議。余僅勘訂柳耆卿《樂章集》一種。苟有博雅之儒，取各家原集及諸選本所載，參互考證，正訛補缺，重加厘訂，繙刻全帙，俾成完璧，不特表彰前哲，抑且嘉惠來兹，允爲毛氏功臣。余貧且老，不能從事於斯，是所望於來者。

河瀆神 四十九字

河上望叢祠韻廟前風雨來時叶楚山無限鳥飛遲叶蘭棹空傷别離叶　何處杜鵑啼不歇换仄艷紅開盡如血叶仄蟬鬢美人愁絶叶仄百花芳草佳節叶仄

唐教坊曲名。

此調詞家多填爲祠廟之作，亦《九歌》迎神送神意也。前後段分平仄韻。「風」字，葉《譜》作「春」，「百花芳草」四字作「百草芳菲」。「廟」、「杜」、「艷」、「美」、「百」可平。「風」、「無」、「蟬」可仄。

又一體 四十九字

孤廟對寒潮韻西陵風雨瀟瀟叶謝娘惆悵倚蘭橈叶淚流玉箸千條叶　暮天愁聽思歸樂换仄早

梅香滿山郭叶仄回首兩情蕭索叶仄離魂何處飄泊叶仄

前段末句，後段起句，平仄與前異。此調各家句法皆同，惟平仄互異。

又一體 四十九字

銅鼓賽神來韻滿庭幡蓋徘徊叶水村江浦過風雷叶楚山如畫烟開叶　離別櫓聲空蕭索換仄玉容惆悵妝薄叶仄青麥燕飛落落叶仄捲簾愁對珠閣叶仄

前段同第二首，後段同第一首，只「蕭索」之「蕭」字作「平」異。

又一體 四十九字

孫光憲

汾水碧依依韻黃雲落葉初飛叶翠娥一去不言歸叶廟門空掩斜暉叶　四壁陰森排古畫換仄依舊瓊輪羽駕叶仄小殿沉沉清夜叶仄銀燈飄落香灺叶仄

前段與温第二首同。後段第二句平仄與各家異。

又一體四十九字　孫光憲

江上草芊芊韻春晚湘妃廟前叶一方卵色楚南天叶數行斜雁聯翩叶　獨倚朱闌情不極換仄斷魂終朝相憶叶仄兩槳不知消息叶仄遥汀時起鸂鶒叶仄

前段第二句與各家異。後段第二句與温作異。

又一體四十九字　張泌

古樹噪寒鴉韻滿庭楓葉蘆花叶晝燈當午隔輕紗叶畫閣珠簾影斜叶　門外往來祈賽客句翩翩帆落天涯叶回首隔江烟火句渡頭三兩人家叶

前段與温第一首同。後段叶前平韻，不換仄韻，與各家異。

河傳五十五字

江畔韻相換叶曉妝鮮換平仙景個女采蓮叶平請君莫向那岸邊叶平少年叶平好花新滿船叶平紅袖摇

曳逐風暖叶平垂玉腕叶仄腸向柳絲斷叶仄浦南歸二換平浦北歸叶平晚來人也稀叶平

《碧鷄漫志》：《河傳》唐曲，今存者二。其一屬南吕宫，凡前段仄韻，後平韻。其一乃今《怨王孫》曲，屬無射宫，歐陽永叔詞内《河傳》附越調，亦《怨王孫》曲，今世《河傳》乃仙吕調，皆非也。《九宫大成》入南詞仙吕宫引。一名《慶同天》，又入北詞仙吕宫調，又《河傳序》入南詞仙吕宫正曲。

《脞説》：《水調河傳》，煬帝將幸江都時所製。聲韻悲切，帝樂之。

《歷代詩餘》：此詞體製最多，用韻各異。隋製曲，有名《水調河傳》。蓋水調者，古樂府一部之名，所統曲最多，《河傳》其一也，後人因以名調。

「新」字、「人」字宜用平聲，「北歸」下，一本有「莫知」二字。「女」可平。

又一體五十七字

湖上韻閑望叶雨瀟瀟換平烟浦花橋叶平路遥叶平謝娘翠蛾愁不銷叶平終朝叶平夢魂迷晚潮叶平蕩子天涯歸棹遠三換仄春已晚叶三仄鶯語空腸斷叶三仄若耶溪四換平溪水西叶四平柳堤叶四平不聞郎馬嘶叶四平

後結比前作多「柳堤」二字，後起換仄韻，與前異。「迷」字，「郎」字必用平聲。

又一體五十三字　　韋莊

何處韻烟雨叶隋堤春暮叶柳色葱蘢換平畫橈金縷叶仄翠旗高颭香風叶平水光融叶平　青娥殿脚春妝媚三換仄輕雲裡叶三仄綽約司花妓叶三仄江都宮闕句清淮月映迷樓四換平古今愁叶四平

前段第三四五句各四字，六句六字，七句三字。後段結句一四、一六、一三字，與温作異。韋又二首，於「翠旗」二字，一作「尋勝」，一作「時節」，於「宮闕」二字，一首同，一作「隱映」，平仄略異。《詞律》於「媚」、「裡」二字注叶仄，不知各家皆換韻，且支時韻與魚虞韻不叶，注誤。「蘢」字是換平韻，乃連環叶也。

又一體五十五字　　李珣

去去韻何處叶迢迢巴楚叶山水相連換平朝雲暮雨叶仄依舊十二峰前叶平猿聲到客船叶平　愁腸豈異丁香結三換仄因離別叶三仄故國音書絕叶三仄想佳人花下句對明月春風四換平恨應同叶四平

亦四換韻，前結五字，比韋作多二字。後結兩五、一三字，與前兩家異。

又一體五十五字　　李珣

春暮韻微雨叶送君南浦叶愁斂雙蛾換平落花深處叶仄啼鳥似逐離歌叶平粉檀珠淚和叶平　臨流

更把同心結三換仄情哽咽叶三仄後會何時節叶三仄不堪回首相望句已隔汀洲四換平櫓聲幽叶四平

後段第四五句，一六、一四字，又與前異。「珠」字必用平聲。

又一體五十三字　　顧　夐

燕颺晴景韻小窗屏暖句鴛鴦交頸叶菱花掩卻翠鬟欹句慵整叶海棠簾外影叶　繡幃香斷金鸂鶒換仄無消息叶二仄心事空相憶叶二仄倚東風三換平春正濃叶三平愁紅叶三平淚痕衣上重叶三平

凡三換韻，前段起句第二字，二句，俱不叶韻。四五句，一七、一二字，前結叶仄韻，不換平韻，與各家異。後段與温作第二首同。「簾」字、「衣」字必用平聲。

又一體五十三字　　顧　夐

棹舉韻舟去叶波光渺渺句不知何處叶岸花汀草共依依換平雨微叶平鷓鴣相逐飛叶平　天涯離恨江聲咽三換仄啼猿切叶三仄此意向誰説叶三仄倚蘭橈四換平獨無聊叶四平魂銷叶四平小爐香欲焦叶四平

前段「舉」字起韻，五六七句换叶平韻。餘同前作。「相」字，「香」字必用平聲。

又一體五十二字　顧夐

曲檻韻春晚叶碧流紋細句綠楊絲軟叶露花鮮換平杏枝繁叶平鶯囀叶仄野蕪平似剪叶仄　直是人間到天上三換仄堪遊賞叶三仄醉眼疑屏幛叶三仄對池塘四換平惜韶光叶四平斷腸叶四平爲花須盡狂叶四平

「露花」二句兩三字，與前作異。「直是」句平仄異，餘同。「平」字、「須」字必用平聲。

又一體五十三字　閻選

秋雨秋雨句無晝無夜句滴滴霏霏韻暗燈涼簟怨分離叶妖姬叶不勝悲叶　西風稍急喧窗竹換仄停又續叶仄膩臉懸雙玉叶仄幾回邀約雁來時叶平違期叶平雁歸人未歸叶平

前段首次句不叶韻，四五句同温第二首，六句三字，與韋同。「幾回」句七字，後結與前結叶韻，與各家異。「人」字必用平聲。

又一體五十三字　孫光憲

柳拖金縷韻着烟籠霧叶濛濛落絮叶鳳凰舟上楚女叶妙舞叶雷喧波上鼓叶　龍争虎戰分中土叶人無主叶桃葉江南渡叶襞花箋換平艷思牽叶平成篇叶平宫娥相與傳叶平

此二首皆詠隋宫事。凡兩换韻，前段全用仄韻。第四句六字，與各家異。

又一體五十四字　孫光憲

太平天子韻等閑游戲叶疏河千里叶柳如絲句偎倚叶緑波春水叶長淮風不起叶　如花殿脚三千女換仄争雲雨叶二仄何處留人住叶二仄錦帆風三換平烟際紅叶三平燒空叶三平魂迷大業中叶三平

前段亦不换平韻。第四五六句，一三、一二、一四字，與各家異。

又一體五十三字　孫光憲

花落韻烟薄叶謝家池閣叶寂寞春深換平翠蛾輕斂意沉吟叶平沾襟叶平無人知此心叶平　玉爐香

斷霜灰冷三換仄簾鋪影叶三仄梁燕歸紅杏叶三仄晚來天四換平惝然叶四平孤眠叶四平枕檀雲髻偏叶四平

前段上半同韋體，下半同温第二首。後段「悄然」二字比各家少一字，一本上有「空」字。「輕」字葉《譜》作「烟」，「紅」字作「文」，俱誤。「髻」字作「鬢」。

又一體五十五字　　孫光憲

風颭韻波斂叶團荷閃閃叶珠傾露點叶木蘭舟上句何處吴娃越艷叶藕花紅照臉叶　大堤狂煞襄陽客換仄烟波隔叶二仄渺渺湖光白叶二仄身已歸三換平心不歸叶三平遠汀鸂鶒飛叶三平

前段同顧第三首，惟五六句，上四下六字句與前異。後段同温第一首。「紅」字、「鸂」字必用平聲。

又一體五十一字　　張泌

渺莽雲水韻惆悵春帆句去程迢遞叶夕陽芳草句千里萬里叶雁聲無限起叶　夢魂悄斷烟波裡叶心如醉叶相見何處是叶錦屏香冷無睡叶被頭多少淚叶

通首用仄韻，不換平韻。前段第五句四字，後段第四句六字，與各家異。「春」字，葉《譜》作「暮」，誤。

又一體五十一字　　張泌

紅杏韻交枝相映叶密密濛濛換平一庭濃艷倚東風叶平香融叶平透簾櫳叶平斜陽似共春光語三換仄蝶爭舞叶三仄更引流鶯妒叶三仄魂銷千片玉尊前四換平神仙叶四平瑤池醉暮天叶四平

前段起句二字，比各家少二字，餘同閻體。

又一體六十字　　徐昌圖

采蓮調

秋光滿目韻風清露白句蓮紅水綠叶何處夢回句弄珠拾翠盈盈句倚蘭橈句黛眉蹙叶　穩聲相續叶吳兒伴侶句倚棹吳江曲叶驚起暮天句幾雙交頸鴛鴦句入蘆花句深處宿叶

兩結及後段次句，與各家異。《詞律》云與前調迥別，此則宋詞之濫觴也。「夢」字、「暮」字，用去聲，勿誤。「聲相續」上，《詞律》多「吳兒」二字，下少「吳兒伴侶」四字，今據陳耀文《花草粹編》訂正。

又一體五十字　　張先

高城望遠看

花暮韻春去叶都門東路叶嘶馬將行換平江南江北句十里五里句郵亭幾程程叶平

回睇三換仄烟細叶三仄晚碧空無際叶三仄今夜何處叶仄冷落衾幃四換平欲眠時叶四平

《子野詞》屬仙吕調。

原注一作《怨王孫》。

前段與張泌第一首相仿，惟換平韻。後段與各家俱異。後起三句，一本作「高城漸遠重凝睇，烟容細，晚碧空無際」。

又一體 五十七字　　柳永

翠深紅淺韻愁蛾黛蹙句嬌波刀剪叶奇容妙技句互逞舞裀歌扇叶妝光生粉面叶　坐中醉客風流慣叶尊前見叶特地驚狂眼叶不似少年時節句千金爭選叶相逢何太晚叶

《樂章集》屬仙吕宮，宋刊本《樂章集》調名《河傳》。想「傳」字作去聲讀，如傳舍之傳，抑因各體多換韻作上聲讀如轉，聲轉調之「轉」。通首用仄韻，不換韻，與張泌第一首同。惟前段五句多二字，後段多一四字句，又異。「互」字，宋本作「爭」。

又一體 五十七字　　柳永

淮岸韻向晚叶圓荷向背句芙蓉深淺叶仙娥畫舸句露漬紅芳交亂叶難分花與面叶　采多乍覺輕船滿叶呼歸伴叶急槳烟村遠叶隱隱棹歌句漸被蒹葭遮斷叶曲終人不見叶

《樂章集》亦屬仙呂宮。

前起二字叶，後段第四五句，上四下六字與前略異。「仙娥」句平仄與各家反。「向晚」二字，一本作「漸晚」。「向背」二字作「相背」。「漬紅」二字，汲古作「清江」，誤。「乍」字一本作「漸」。「村」字作「波」，今從宋本。

又一體 六十一字

秦觀

恨眉醉眼韻甚輕輕覷着句神魂迷亂叶常記那回句小曲闌干西畔叶鬢雲鬆句羅襪剗叶　丁香笑吐嬌無限叶語軟聲低句道我何曾慣叶雲雨未諧句早被東風吹散叶悶損人句天不管叶

此與徐作同，只多一「甚」字，此襯字也。通首不換韻，前後第五句叶韻，平仄亦異。據黃作自注云：戲以「好」字易「瘦」字，是。此詞尾句當是「瘦煞人，天不管」。「那」字、「未」字去聲，與徐同。

又一體 六十一字

黃庭堅

有士大夫家歌秦少游「瘦煞人天不管」之曲，以好字易瘦字，戲爲之作。

心情老懶韻對歌對舞句猶是當時眼叶巧笑靚妝句近我衰容華鬢句似扶着句賣卜算叶　思量好個當年見叶催酒催更句只怕歸期短叶影散燈稀句背鎖落花深院叶好煞人句天不管叶

前段次三句，用一四、一五字。「鬢」字不叶韻，餘同秦作。「靚」可平。「燈」字用平不可從，宜仄。

又一體五十八字

妓行四者　呂渭老

雙花對植韻似黃封和了句龍香難敵叶（四和香）悶抱琵琶句試把幺弦輕轣叶算行家豆才認得叶（四行家）朱窩戲撿骰兒擲叶（朱窩四隻骰子賭名）惟有燒盆句貢彩偏難覓叶（四隻《滿江紅》，名《燒盆貢彩》）常把那目字橫書句謝三娘豆全不識叶（俗云謝三娘不識「四」字，罪字頭。）

見《花草粹編》，而《聖求詞》不載，與無名氏《踏青游·贈妓崔念四》一首仿佛。前段與秦作同，後段「常把那」句七字少三字。

又一體五十九字　缺名

香苞素質韻天賦與豆傾城標格叶應是曉來句暗傳東君消息叶把孤芳豆回暖律叶　壽陽粉面增妝飾叶說與高樓句休更吹羌笛叶花下醉賞句留取時倚闌干句鬥清香豆添酒力叶

見《梅苑》。前段次句七字，比秦作少二字。後段四句。「賞」字用仄，五句平仄相反，不叶韻。餘同秦作。

愚按：《梅苑》詞，體格甚多，惜不著姓氏。雖北宋人作，未免訛脫，姑録以俟他本校證。「曉」字、「醉」字可平。

唐河傳 五十三字

效花間體　　辛棄疾

春水韻千里叶孤舟浪起叶夢攜西子叶覺來村巷夕陽斜換平幾家叶平短牆紅杏花叶平　晚雲做造些兒雨三換仄折花去三叶仄岸上誰家女三叶仄太顛狂句那邊四換平柳綫被風吹上天四叶平

與孫第二首同，惟前段第四句用仄韻，後段「狂」字不換韻，「綫」字不叶韻，略異。「紅」字，「吹」字用平聲。

又一體 五十六字

戲效花間體　　邵亨貞

庭院韻春淺叶重門深掩叶寂寞東風換平睡濃叶平起來綉窗花影重叶平嬌慵叶平宿妝凝淡紅叶平　待把眉山臨鏡畫三換仄還又罷三叶仄卻放翠簾下三叶仄畫樓閑四換平樓外山叶四平倚闌叶四平只愁相見難叶四平

與温作第二首同，只第三句四字多一字。「凝」字、「相」字用平聲。

閒中好十八字

題永壽寺　　鄭符

閒中好句盡日松爲侶韻此趣人不知句輕風度僧語叶

舊説始於鄭符，後人多效之，皆以首句三字爲題。

又一體十八字　　段成式

閒中好句塵務不縈心韻坐對當窗木句看移三面陰叶

此用平韻，與前異。

采蓮子二十八字　　皇甫松

菡萏香連十頃陂韻（舉棹）小姑貪戲采蓮遲叶（年少）晚來弄水船頭濕句（舉棹）更脱紅裙裹鴨兒叶（年少）

唐教坊曲名。《全唐詩》注西曲，又西曲歌。本出於荆、郢、樊、鄧之間，故其聲節送和，與吴歌亦異。《樂府解題》：

清商曲有《采蓮子》，即《江南弄》中《采蓮曲》，如李白、劉方平、王昌齡、張潮詩，殊有風致。然必以皇甫松、孫光憲之排調有襯字者爲詞體（節録）。

《詞律》：「舉棹」、「年少」字，乃相和之聲，與《竹枝》同。或曰《竹枝》之「枝」、「兒」兩字，此調之「棹」、「少」兩字，自相爲叶，須知。與柳永之《采蓮令》不同，故分列。

摘得新 二十六字

唐教坊曲名。

摘得新韻枝枝葉葉春叶管弦兼美酒句最關人叶平生那得幾十度句展香茵叶

此以首句爲名，「幾十」兩字是以上入作平，觀其別作，用「經風」二字可知。「那」字，葉《譜》作「都」，誤。

天仙子 三十四字

晴野鷺鷥飛一隻韻水葓花發秋江碧叶劉郎此日別天仙句登綺席叶淚珠滴叶十二晚峰青歷歷叶

唐教坊曲名。《九宮大成》入南詞黄鐘宫引，與本宫正曲不同。又入北詞雙角隻曲，名《天仙令》。段安節《樂府雜録》云：《萬斯年曲》，是朱崖李太尉進，此曲名即《天仙子》是也，屬龜兹部舞曲。

原詞以第三句得名。張先采此，製爲大曲，有作《天臺仙子》者，見《集解》。

「青」字，一本作「高」。「鷺」、「此」、「十」、「晚」可平。「晴」、「劉」可仄。

又一體三十四字　　韋莊

悵望前回夢裡期韻看花不語苦尋思叶露桃宮裡小腰肢叶眉眼細句鬢雲垂叶惟有多情宋玉知叶

此用平韻。

又一體三十四字　　韋莊

深夜歸來長酩酊韻扶入流蘇猶未醒叶醺醺酒氣麝蘭和換平驚睡覺句笑呵呵叶平長道人生能幾何叶平

前二句用仄韻，後三句換平韻。

又一體三十四字　　和凝

洞口春紅飛簌簌韻仙子含愁眉黛綠叶阮郎何事不歸來句懶燒金句慵篆玉叶流水桃花空斷續叶

第四句不叶韻，與皇甫作略異。

又一體 六十八字　張先

時爲嘉禾小倅，以病眠不赴府會。

水調數聲持酒聽韻午醉醒來愁未醒叶送春春去幾時回句臨晚鏡叶傷流景叶往事悠悠空記省叶沙上並禽池上暝叶雲破月來花弄影叶重重翠幕密遮燈句風不定叶人初靜叶明日落紅應滿徑叶

《子野詞》屬中呂調，又屬仙呂調。

此照皇甫詞加一疊，通首用仄韻。「醉」字，一作「睡」。「悠悠」二字，鮑刻《知不足齋》本作「後期」。「翠」字作「簾」。「並」字，一作「水」。「回」字，葉《譜》作「歸」。

又一體 六十九字　劉過

別酒醺醺渾易醉韻回過頭來三十里叶馬兒不住去如飛句牽一憩叶坐一憩叶斷送煞人山與水叶是則是青山終可喜叶不道恩情拚得未叶雪迷村店酒旗斜句去則是叶住則是叶煩惱自家煩惱你叶

後起句八字，比張作多一字。

又一體 六十八字　　隨車娘子

別酒未斟心已醉韻忍聽陽關辭故里叶揚鞭勒馬到皇都句三題盡句當際會叶穩跳龍門三汲水叶天意令我先送喜叶不審君侯知得未叶蔡邕博識爨桐聲句君抱負句卻如是叶酒滿金杯來勸你叶

徐釚《詞苑叢談》：劉改之得一妾，愛甚。淳熙甲午，預秋薦赴省試，在道賦《天仙子》。每夜飲旅舍，輒使小童歌之。到建昌，游麻姑山，屢歌至于墮淚。二更後，有美人執拍板來，願唱一曲勸酒，即賡前韻云云。劉喜，與之偕東，果擢第，調荆門教授，遇臨江道士熊若水謂之曰：「竊疑隨車娘子非人也。」劉具以告。曰：「是矣，今夕與並枕時，吾于門外作法，教授緊緊抱之，勿令竄逸。」劉如所戒，乃擁一琴耳，頓悟昔日蔡邕之語。至麻姑訪之，知是趙知軍所瘞壞琴也，焚之。

此與張作同，惟「盡」字、「負」字不叶韻。「我」作平。

怨回紇 四十字

祖席駐征棹句開帆候信潮韻隔筵桃葉泣句吹管杏花飄叶船去鷗飛閣句人歸塵上橋叶別離惆悵

淚句江路濕紅蕉叶

《樂苑》注商調曲。《九宫大成》入南詞中吕宫引。

此是五言律體。《樂府詩集》名《回紇》，郭茂倩編入近代詞曲。《尊前集》亦載，蓋戍婦之怨詞也。「塵」可仄。「駐」可平。

酒泉子 四十五字　司空圖

買得杏花句十載歸來方始坼句假山西畔藥欄東韻滿枝紅叶　旋開旋落旋成空叶白髮多情人更惜句黄昏把酒祝東風叶且從容叶

唐教坊曲名。

《唐詩紀事》：司空圖隱王官谷，預爲冢棺。勝日引客坐壙中賦詩詞，徘徊不已。有《酒泉子》云云。

晁補之一首，後段次句用上三下四字句法，餘同。不録。「旋」去聲。

又一體 四十字　温庭筠

日映紗窗韻金鴨小屏山碧換仄故鄉春句烟靄隔叶仄背蘭缸叶平　宿妝惆悵倚高閣三換仄千重雲影薄三叶仄草初齊句花又落三叶仄燕雙雙叶平

與前作句法迥異，另一體也。

此調體格極多。《花間集》載晚唐詞二十三首，僅五首相同，餘皆體格各別。故備録，疏其異同，以俟採摘。「倚」字，孫光憲、毛熙震皆作平聲。「重」字一本作「里」。「日」、「小」、「宿」、「倚」可平。「紗」、「金」、「惆」可仄。

又一體 四十一字

韋莊

月落星沉韻樓上美人春睡換仄綠雲傾句金枕膩叶仄畫屏深叶平　子規啼破相思夢三換仄曙色東方才動叶三仄柳烟輕句花露重叶三仄思難任叶平

後段第二句六字，比温作多一字。

又一體 四十二字

牛嶠

記得去年句烟暖杏園花正發句雪飄香韻江草綠句柳絲長叶　鈿車纖手捲簾望換仄眉學春山樣叶仄鳳釵低裊翠鬟上叶仄落梅妝叶平

前段第二句，後段第三句，各七字，與前異。叶韻亦不同。舊譜「香」字不注韻。《詞律》謂足上語氣，下六字正對，觀後李作足證其非也。或謂「望」字叶上平聲，與顧作合。戈載《詞律訂》：平仄互叶體。余謂後世平仄互叶所自始也。「去」字用仄，各家不盡同，故不注。

又一體四十三字　　李珣

寂寞青樓韻風觸綉簾珠碎撼換仄月朦朧句花暗淡叶仄鎖春愁叶平　尋思往事依稀夢三換仄淚臉露桃紅色重叶三仄鬢欹蟬句釵墜鳳叶三仄思悠悠叶平

前後段次句各七字，餘同温作。李又一首，首句作「雨清花零」，「清」字不當用平，應是「漬」之誤。不另録。「思」去聲。

又一體四十三字　　李珣

秋雨連綿句聲散敗荷叢裡句那堪深夜枕前聽韻酒初醒叶　牽愁惹思更無停叶燭暗香凝天欲曙換仄細和烟句冷和雨叶仄透簾中宜叶

前段與司空作同，惟次句六字。後段與前一首同，惟起句叶平韻，「中」字與前句皆不叶，斷無結句另換一韻不叶之理，應是「前」字之訛，與上「綿」字、「烟」字互叶。但《花間集》作「中」，未便擅改，俟考。

又一體四十二字　　李珣

秋月嬋娟句皎潔碧紗窗外句照花穿竹冷沉沉韻印池心叶　凝露滴句砌蛩吟叶驚覺謝娘殘

夢句夜深斜傍枕前來換平影徘徊叶平

前段與前作同，後段起句兩三字，次句六字，與各家異。結又換韻。

又一體四十一字　　顧　敻

楊柳舞風韻輕惹春烟殘雨換仄杏花愁句鶯正語叶仄畫樓東叶平　錦屏寂寞思無窮叶平還是不知消息三換仄鏡塵生句珠淚滴叶三仄損儀容叶平

與韋作同，惟後段首句叶平韻，四句叶仄韻。「思」去聲。

又一體四十字　　顧　敻

羅帶縷金韻蘭麝烟凝魂斷換仄畫屏欹句雲鬢亂叶仄恨難任叶平　幾回垂淚滴鴛衾叶平薄情何處去三換仄月臨窗句花滿樹叶三仄信沉沉叶平

與前作同，惟後段次句五字，少一字。

又一體四十三字　　顧夐

小檻日斜句風度緑窗人悄悄韻翠幃閑掩舞雙鸞換平舊香寒叶平　別來情緒轉難判叶平韶顔看卻老叶仄依稀粉上有啼痕三換仄暗銷魂叶三平

前段與司空作同，惟第二句起仄韻。後段第二句五字，與温作同，叶前仄韻，三四句又換韻。

又一體四十二字　　顧夐

黛薄紅深韻約掠緑鬟雲膩換仄小鴛鴦句金翡翠叶仄稱人心叶平　錦鱗無處傳幽意叶仄海燕蘭臺春又至叶仄隔年書句千點淚叶仄恨難任叶平

前段與温、韋作同。後段第二句七字多一字，換頭句叶上仄韻。通首兩換韻。「至」字，《詞律》作「去」，失韻，據《歷代詩餘》訂正。「稱」去聲。

又一體四十三字　　顧夐

掩卻菱花句收拾翠鈿休上面韻金蟲玉燕叶鎖香奩換平恨懨懨叶平　雲鬟半墜懶重篸叶平淚侵

山枕濕句銀燈背帳夢方酣叶平雁飛南叶平

此與第三首同，惟後段次句不叶，亦平仄互叶體也。《詞律訂》謂「面」字起韻，「燕」字叶，顧前作上句用「膩」字，下句用「翠」字叶，此說甚是。

又一體 四十四字　　顧敻

黛怨紅羞韻掩映畫堂春欲暮換仄殘花微雨叶仄隔青樓叶平思悠悠叶平　芳菲時節看將度叶仄寂寞無人還獨語叶仄畫羅襦句香粉污叶仄不勝愁叶平

前段與「掩卻菱花」同，惟首句起韻。後段與「黛薄紅深」同，惟後起二句亦叶前仄韻。據戈氏說，「雨」字亦當是叶，與前同。「思」、「污」去聲。「勝」平聲。

又一體 四十字　　孫光憲

空磧無邊句萬里陽關道路韻馬蕭蕭句人去去叶隴雲愁換平　香貂舊製戎衣窄三換仄胡霜千里白三叶仄綺羅心句魂夢隔三叶仄上高樓叶平

此與顧作第二首同，惟首句不起韻，後起句換仄韻，凡三換韻。

又一體四十三字　　張　泌

春雨打窗韻驚夢覺來天氣曉換仄畫堂深句紅燄小叶仄背蘭釭叶平　酒香噴鼻懶開釭叶平惆悵更無人共醉三換仄舊巢中句新燕子叶三仄語雙雙叶平

前段與李第一首同。後段與李第二首同。

又一體四十三字　　張　泌

紫陌青門句三十六宮春色句御溝輦路暗相通韻杏園風叶　咸陽沽酒寶釵空叶笑指未央歸去句插花走馬落殘紅叶月明中叶

通首不换韻，與司空作同，惟前段兩次句各六字。

又一體四十二字　　張　先

庭下花飛韻月照妝樓春欲曉句珠簾風句蘭燭燼句怨空閨叶　迢迢何處寄相思叶玉箸零零句

腸斷屏幃叶深更漏永夢魂迷叶

《子野詞》屬高平調。

此詞又見《壽域詞》，誤。前段同李第一首，惟次句不用韻，後段次三句各四字，結句七字，與各家異。各譜俱失收此體。

「欲曉」二字，杜作「婉晚」，「燭燼」二字作「燒焰」，今從鮑本。

又一體四十二字　張先

春色融融韻飛燕未來鶯未語換仄露桃寒句風柳曉句玉樓空叶平　天長姻遠恨重重叶平消息燕鴻歸去叶仄枕前燈句窗外雨叶仄閉簾櫳叶平

《子野詞》亦屬高平調。

前段同張第一首，後段同李第一首。

梧桐影二十字　一名落日斜

景德寺僧房　呂岩

明月斜句秋風冷韻今夜故人來不來句教人立盡梧桐影叶

周紫芝《竹坡詩話》：大梁景德寺峨嵋院，壁間有吕岩題字。相傳有蜀僧號峨嵋道者，戒律甚嚴。一日有偉人來與語，期以明年是日相見，願少待。明年是日日方午，沐浴端坐而逝。明日書長短句於堂側絶高處，字畫飛動，如翔鸞舞鳳，非世間筆也。或以爲吕仙云（節録）。此以末句爲名，起二句，《竹坡詩話》作「落日斜，西風冷」，今從《庚溪詩話》本。「今夜故人」四字，《竹坡詩話》作「幽人今夜」。

愚按：世所傳吕仙詞甚多，然皆後世得之乩卜，襲用宋人成調，並非創製，不能專屬。只此一詞，尚屬當時所著。

六幺令 三十字

東與西韻眼與眉叶偃月爐中運坎離叶靈砂且上飛叶最幽微叶是天機叶你休痴叶你不知叶

見《全唐詩》，不知録自何書，與晏殊《六幺令》全不相符。王僧保《詞林叢著》：《碧鷄漫志》謂《六幺》前後十八曲，或十八曲中之一。然白詩有《六幺花》十八句，是十八花拍，非十八曲也。因《詞譜》收之，存以俟考。

巫山一段雲 四十四字

李 曄

唐教坊曲名。

縹緲雲間質句盈盈池上身韻袖羅斜舉動埃塵叶明艷不勝春叶　翠鬟晚妝烟重换仄寂寂陽臺一夢叶仄冰眸蓮臉見長新叶平巫峽更何人叶平

《尊前集》：唐昭宗宫人作《巫山一段雲》二首，或以爲昭宗作。《歷代詩餘》：漢鐃歌《巫山高》爲思歸詞，後蜀毛文錫撰。此調與《菩薩蠻》之別名《巫山一片雲》無涉。《詞律》：俱詠巫山神女事。「晚」、「一」可平。「池」、「冰」、「巫」可仄。

又一體 四十六字

蝶舞梨園雪句鶯啼柳帶烟韻小池殘日艷陽天叶苧羅山又山叶　青鳥不來愁絕換仄忍看鴛鴦雙結叶仄春風一等少年心三換平閑情恨不禁叶三平

前段結句，與前作平仄異。後段結處換韻。

又一體 四十四字　　毛文錫

雨霽巫山上句雲輕映碧天韻遠風吹散又相連叶十二晚峰前叶　暗濕啼猿樹句高籠過客船叶朝朝暮暮楚江邊叶幾度降神仙叶

後起二句各五字，與昭宗作異。

又一體 四十四字　　柳永

琪樹羅三殿句金龍抱九關韻上清真籍總群仙叶朝拜五雲間叶　昨夜紫薇詔下换仄急喚天書使者叶仄令賫瑶檢降雕霞三换平重到漢皇家叶三平

《樂章集》屬雙調。

後段亦换韻，與李曄第二首同，惟兩結句平仄異。

生查子 四十字　一名楚雲深　美少年　柳和梅　晴色入青山　韓偓

侍女動妝奩句故故驚人睡韻那知本未眠句背面偷垂淚叶　懶卸鳳凰釵句羞入鴛鴦被叶時復見殘燈句和烟墜金穗叶

唐教坊曲名。《尊前集》注雙調。張先詞屬雙調。元高栻詞注南吕宫。《九宫大成》入南詞南吕宫引，又入北詞雙角隻曲。《集解》：宋大曲也。

朱敦儒詞有「遥望楚雲深」句，名《楚雲深》，又改名《美少年》。韓淲詞有「都是柳和梅」句，名《柳和梅》。又有詞句名《晴色入青山》。

《詞律》：「查」本「樝梨」之「樝」，省作「查」。今有讀「查考」之「查」，且取浮查事以爲解者，若是乘楂，如何加「生」字耶。

五言八句四韻，如古詩。作者平仄多有參差，皆可不拘，「妝」字，葉《譜》作「香」。

又一體 四十字　　朱希濟

新月曲如眉句未有團圞意韻紅豆不堪看句滿眼相思淚叶　終日擘桃穰句人在心兒裡叶兩朵隔牆花句早晚成連理叶

平仄與前異。

又一體 四十一字　　朱希濟

春山烟欲收句天淡稀星小韻殘月臉邊明句別淚臨清曉叶　語已多句情未了叶回首猶重道叶記得綠羅裙句處處憐芳草叶

後起兩三字句，孫光憲三首皆然。惟一作「仄平平平平仄」，兩作「仄平平平仄仄」，差異。《花間集》注，一本無「已」字，誤。「已」、「未」可平。

又一體四十二字　孫光憲

暖日東花驄句韝鞚垂楊陌韻芳草惹烟青句落絮隨風白叶　誰家綉轂動香塵句隱映神仙客叶狂煞玉鞭郎句咫尺音容隔叶

後段起句七字，比各家多二字。

又一體四十二字　張泌

相見稀句喜相見韻相見還相遠叶檀畫荔枝紅句金蔓蜻蜓軟叶　魚雁疏句芳信斷叶花落庭陰晚叶可惜玉肌膚句消瘦成慵懶叶

前後起皆兩三字句。

浣溪沙四十二字　沙或作紗　一名小庭花　滿院春　廣寒枝　霜菊黄　東風寒　醉木犀　試香羅　清和風　怨啼鵑　踏花天　張曙

枕障熏爐隔綉帷韻二年終日苦相思叶杏花明月爾應知叶　天上人間何處去句舊歡新夢覺來

遲叶黄昏微雨畫簾垂叶

唐教坊曲名。張先詞屬中吕宫。《九宫大成》入南詞南吕宫引。《集解》：黄鐘曲，製自晚唐。《北夢瑣言》：張禕侍郎有愛姬早逝，悼念不已，因入朝未回。其猶子右補闕曙，才俊風流，因增大阮之悲，乃製《浣溪沙》詞云云（節録）。

張泌詞有「露濃香泛小庭花」句，名《小庭花》。韓淲詞有「芍藥荼蘼滿院春」句，名《滿院春》。又有「廣寒曾折最高枝」句，名《廣寒枝》。又有「霜後黄花菊自開」句，名《霜菊黄》。有「東風拂檻露猶寒」，句，名《東風寒》。有「一曲西風醉木犀」句，名《醉木犀》。有「春風初試薄羅衫」句，名《試香羅》。有「清和風裡緑陰初」句，名《清和風》。有「一番春事怨啼鵑」句，名《怨啼鵑》，一名《踏花天》。

黄昇《花庵詞選》爲張泌作，誤。

與周邦彦之《浣溪沙慢》無涉，宜分列。「應」平聲。

又一體四十六字　　韋莊

紅藕香殘翠渚平韻月籠虚閣夜蛩清叶天際鴻句枕上夢句兩牽情叶　寶帳玉爐殘麝冷句羅衣金縷暗塵生叶小窗涼句孤燭背句淚縱横叶

兩結三句各三字，與前異。即攤破格也。《花間集》前結句作「塞鴻驚夢兩牽情」，後結句作「小窗孤燭淚縱横」，仍是七字句，今從《花草粹編》以備一體。「涼」字一本作「深」。

又一體 四十二字　　薛昭蘊

紅蓼渡頭秋正雨句印沙鷗迹自成行韻整鬟飄袖野風香叶　不語含嚬深浦裡句幾回愁煞棹船郎叶燕歸帆盡水茫茫叶

首句不用韻，與各家異。

又一體 四十二字　　李煜

紅日已高三丈透韻金爐次第添香獸叶紅錦地衣隨步皺叶　佳人舞點金釵溜叶酒惡時拈花蕊嗅叶別殿遥聞簫鼓奏叶

此用仄韻，後起亦叶。

山花子 四十七字　　和凝

銀字笙寒調正長韻水紋簟冷畫屏涼叶玉腕重金扼臂句淡梳妝叶　幾度試香纖手軟句一回嘗

酒絳唇光叶佯弄紅絲蠅拂子句打檀郎叶

唐教坊曲名。

此體兩結各加三字，所謂攤破也。《詞律》不載，從《花間集》補。

前段結處少一字。一本重一「重」字。

又一體四十八字　一名攤破浣溪沙　添字浣溪沙　感恩多

李　璟

菡萏香消翠葉殘韻西風愁起緑波間叶還與韶光共憔悴句不堪看叶　細雨夢回鷄塞遠句小樓吹徹玉生寒叶多少淚珠何限恨句倚闌干叶

《九宮大成》入南詞中吕宫引。

《樂府雅詞》名《攤破浣溪沙》。《梅苑》名《添字浣溪沙》。《高麗史·樂志》名《感恩多》，與牛嶠之正調不同。此以《浣溪沙》結句破七字爲十字，故名《攤破》，後又名《山花子》，詞之以「攤破」名者始此，以「添」字名者亦始此。又因此詞「細雨」、「小樓」二句膾炙千古，竟名爲《南唐浣溪沙》，與《唐河傳》同例，非調名也。《詞律》：「沙」當作「紗」，或作《浣沙溪》，尤當作「紗」。

《南唐書》：王感化善謳歌，聲悠揚，清振林木，由是有寵。元宗嘗作《浣溪沙》二闋，手寫賜感化。後主即位，感化以其詞札上之，後主賞賜甚優。「何」字，葉《譜》作「無」。

攤破浣溪沙 四十六字　無名氏

相恨相思一個人韻柳眉桃臉自然春叶別離情思句寂寞向誰論叶　映地殘霞紅照水句斷魂芳草碧連雲叶水邊樓上句回首倚黄昏叶

見《樂府雅詞》無名氏，諸譜失收。

此亦攤破也，兩結句九字，比前少一字，九字一氣貫下，或四字讀，六字讀皆可。「思」去聲。

字字雙 二十八字　一名宛轉曲　王麗真

牀頭錦衾斑復斑韻架上朱衣殷復殷叶空庭明月閑復閑叶夜長路遠山復山叶

鄭蕡《才鬼録》：唐有中涓宿官妓館，見童子捧酒，導三人至，皆古衣冠。相謂曰：「崔常侍來何遲」。俄一客至，凄然有恨别之狀，因共聯詞云云。

句有疊字故名。《詞品》以爲唐女郎王麗真作，未知何據。

醉公子 四十字　一名四换頭　無名氏

門外猧兒吠韻知是蕭郎至叶剗襪下香階句冤家今夜醉叶　扶得入羅幃换平不肯脱羅衣叶平醉

則從他醉句還勝獨睡時叶平

唐教坊曲名。《九宫大成》入南詞仙吕宫正曲，名《醉翁子》。《懷古録》：此唐人詞也。《集解》：緣此詞詠醉公子，即用爲名。又名《四換頭》，以其詞意四換也。與史達祖之長調無涉，故分列。

前段用仄韻，後段用平韻，亦平仄互叶也。

又一體四十字　薛昭藴

慢綰青絲髮韻光研吴綾襪叶牀上小熏籠換平韶州新退紅叶平　叵耐無端處三換仄捻得從頭污三叶仄惱得眼慵開四換平問人閒事來四叶平

前後上二句用仄韻，下二句用平韻，凡四換韻。

又一體四十字　尹鶚

暮烟籠蘚砌韻戟門猶未閉叶盡日醉尋春換平歸來月滿身叶平　離鞍偎綉袂叶仄墜巾花亂綴叶仄何處惱佳人叶平檀痕衣上新叶平

前後上二句用仄韻，下二句用平韻。凡兩換韻，與前作異。「離」字先著《詞潔》作「琱」。

又一體 四十字

顧敻

漠漠秋雲淡韻紅藕香侵檻叶枕倚小山屏换平金鋪向晚扃叶平　睡起横波慢叶仄獨坐情何限叶仄衰柳數聲蟬三换平魂銷似去年叶三平

前後上二句仄韻不换，下二句平韻换，凡三换韻，平仄與前同。《詞律》注可平可仄，殊不必。「漠漠」二字，萬《譜》作「河漢」。「坐」字一本作「望」。

後庭宴 六十字

千里故鄉句十年華屋韻亂魂飛過屏山簇叶眼重眉褪不勝春句菱花知我銷香玉叶　雙雙燕子歸來句應解笑人幽獨叶斷歌零舞句遺恨清江曲叶萬樹緑低迷句一庭紅撲簌叶

《庚溪詩話》：宋宣和中，掘地得石刻唐詞，調名《後庭宴》。「故」字宜去聲，勿誤。「重」、「勝」平聲。

魚游春水 八十九字

秦樓東風裡韻燕子還來尋舊壘叶餘寒猶峭句紅日薄侵羅綺叶嫩草初抽碧玉簪句緑柳輕拂黄金

穗叶鶯囀上林句魚游春水叶　幾曲闌干遍倚叶又是一番新桃李叶佳人應怪歸遲句梅妝淚洗叶鳳簫聲絕沉孤雁句望斷清波無雙鯉叶雲山萬重句寸心千里叶

《九宮大成》入北詞小石調角隻曲。

魏泰《復齋漫録》：政和中，一中貴使越州回，得詞於古碑。無名無譜，録以進御。命大晟府填腔，因詞中語，賜名《魚游春水》。《古今詞話》：是東都防河卒，於汴河掘地得石刻，此詞唐人語也。《唐詞紀事》：防河卒於濬汴日，得一石刻，有詞無調名，遂摭詞中四字名之。《詞綜補遺》：爲袁綯作。愚按：各説雖不同，總屬唐人詞，或即大晟府袁綯所填腔也。宋人雖有數首，平仄差異，不可從，故不録。

陳鵠《耆舊續聞》：「嫩草初抽碧玉簪，緑柳輕拂黄金穗」，蓋用唐人詩：「楊柳黄金穗，梧桐碧玉枝」，今人不知出處，乃作「黄金蕊」或「黄金縷」。

首句起用四平聲，「上」字、「遍」字、「萬」字用去聲定格。「猶峭」二字，《樂府雅詞》作「微透」，「草」字作「笋」，「碧」字作「白」，「細」字作「窣」，「穗」字作「蕊」，「幾」字作「屈」。「怪歸遲」三字作「念歸期」，「淚」字作「淡」，「絕」字作「杳」，「望」字作「目」，「請」字作「澄」。「初」字，一本作「方」，「簪」字作「茵」，「緑」字作「媚」，「拂」字作「窣」，今從《耆舊續聞》。「薄」、「嫩」、「緑」、「拂」、「上」、「遍」、「一」、「絕」、「雁」、「萬」字可平。「紅」、「羅」、「魚」、「桃」、「簫」、「沉」、「無」可仄。

賀聖朝 四十七字

白露點豆曉星明滅韻秋風落葉叶故址頹垣句冷烟衰草句前朝宮闕叶　長安道上行客叶依舊

利深名切叶改變容顔句消磨今古句隴頭殘月叶

唐教坊曲名。

與《賀明朝》不同，與《賀聖朝影》亦無涉，故分列。

又一體四十七字　張泌

金絲帳暖牙牀穩韻懷香方寸叶輕顰輕笑句汗珠微透句柳沾花潤叶　雲鬟斜墜句春應未已句不勝嬌困叶半欹犀枕句亂纏珠被句轉羞人問叶

一本爲馮延巳作。

前段起句作上四下三句法，後起三句各四字，與前異，此破句法也。

又一體四十九字　葉清臣

滿斟緑醑留君住韻莫匆匆歸去叶三分春色二分愁句更一分風雨叶　花開花謝句都來幾許叶且高歌休訴叶不知來歲牡丹時句再相逢何處叶

《九宫大成》入南詞中吕宫引，許《譜》同。

前後段第二句比張作各多一字，兩結一七一五字，與前異，亦破句也。一本改四字三句，以合前格，不知黄庭堅亦有此體。他如《訴衷情》、《朝中措》、《人月圓》皆然，此化板爲活法也，將改之，不勝其改矣。

又一體四十七字　　張先

淡黄衫子濃妝了韻步縷金鞋小叶愛來書幌綠窗前句半和嬌笑叶　謝家姊妹句詩名空杳叶何曾機巧叶爭如奴道叶春來情思句亂如芳草叶

《子野詞》屬雙調。

前段與葉作同，惟結句四字少一字。後段與張泌作同，多叶兩韻。「思」去聲。

又一體四十七字　　黄庭堅

脱霜披茜初登第韻名高得意叶櫻桃榮宴玉池游句領群仙行綴叶　佳人何事輕相戲叶道得之何濟叶君家聲譽古無雙句且均平爲二叶

前起與張泌作同，後起句亦一七、一五字，皆破句法也。兩結與葉作同。「池」字，《汲古》作「墀」。

又一體四十七字　杜安世

牡丹盛拆春將暮韻群芳羞妬叶幾時流落在人間句半開仙露叶　馨香艷冶句吟看醉賞句嘆誰能留住叶莫辭持燭夜深深句怨等閑風雨叶

前段末句四字，餘同葉體。「看」平聲。

又一體四十七字　杜安世

東君造物無凝滯韻芳容相替叶杏花桃蕚一時開句就中明媚叶　緑叢金朵句枝長葉細叶稱花王相待叶萬般堪愛句暫時見了句斷腸無計叶

後結與張作同，餘同葉體。「待」字失韻，當是「侍」字之訛。

又一體四十八字　趙彦端

一江風月同君住韻了不知秋去叶賞心亭下句過帆如馬句墮楓如雨叶　相將莫問興亡事句舉

離觴誰訴叶垂楊指點但歸來句有温柔佳處叶

前後第二句各五字，後段同黃作。

虞美人五十八字　一名玉壺冰　憶柳曲　一江春水

帳中草草軍情變韻月下旌旗亂叶褫衣推枕愴離情换平遠風吹下楚歌聲叶平正三更叶平　撫騅欲下重相顧三换仄艷態花無主叶三仄手中蓮鍔凜秋霜四换平九京歸去是仙鄉叶四平恨茫茫叶四平

唐教坊曲名。張先詞屬中吕調。《碧鷄漫志》：舊曲三，其二屬中吕調，其一屬中吕宫。近世轉入黃鐘宫。高拭詞注南吕調。

《碧鷄漫志》：《脞説》謂起於項籍「虞兮歌」，予謂後世以此命名可也，曲起於當時非也。《樂府雅詞》加「令」字。周紫芝有「難近玉壺冰」句，名《玉壺冰》。張炎賦憶柳兒詞，名《憶柳曲》。王行取南唐後主詞「一江春水向東流」句，名《一江春水》。

沈括《夢溪筆談》：高郵桑景舒性知音，舊聞虞美人草逢人作《虞美人》曲，枝葉皆動，他曲不然。試之如所傳，詳其曲皆吴音也。他日取琴，試用吴音製一曲，對草鼓之，枝葉皆動，乃因曰《虞美人操》。

此詞見《碧鷄漫志》，詠本意者只此首。或即所創始歟？五代時人多有此體。

又一體五十八字　顧夐

觸簾風送景陽鐘韻鴛被綉花重叶曉幃初捲冷烟濃叶翠匀粉黛好儀容叶思嬌慵叶　起來無語

理朝妝換三平寶匣鏡凝光叶二平綠荷相倚滿池塘叶二平露清枕簟藕花香叶二平恨悠揚叶二平

通體兩叶平韻，不換仄韻。顧共六首，同前體者四。「思」，去聲。

又一體五十八字　顧敻

少年艷質勝瓊英韻早晚別三清叶蓮冠穩篸鈿篦橫叶飄飄羅袖碧雲輕叶畫難成叶　遲遲少轉腰身裊換仄翠靨眉心小叶仄醮壇風急杏枝香三換平此時恨不駕鸞凰叶三平訪劉郎叶三平

前段起處用平韻，不用仄韻。後起換仄韻。「篸」，仄聲

又一體五十八字　鹿虔扆

卷荷香淡浮烟渚韻綠嫩擎新雨叶瑣窗疏透晚風清換平象牀珍簟冷光輕叶平水紋平叶平　九疑黛色屏斜掩三換仄枕上眉心斂叶三仄不堪相望病將成叶平鈿昏檀粉淚縱橫叶平不勝情叶平

兩起換仄韻，兩結不換平韻。「晚」字一本作「曉」。

又一體 五十六字　　李煜

雕闌玉砌應猶在三換仄只是朱顏改叶三仄問君能有幾多愁四換平恰似一江春水句向東流叶四平

春花秋月何時了韻往事知多少叶小樓昨夜又東風換平故國不堪回首句月明中叶平

《九宫大成》入南詞南吕宫引。

《樂府紀聞》：後主歸宋後，與故宫人書云：此中日夕只以眼淚洗面。每懷故國，詞調愈工。其賦《浪淘沙》、《虞美人》云云，舊臣聞之有泣下者。

前後第四句各六字，不叶韻，與各家異。宋人多用此體。「能」字一本作「還」。

又一體 五十八字　　張先

苕花飛盡汀風定韻苕水天摇影叶畫船羅綺滿溪春換平一曲石城清響亮句入高雲叶平

壺觴昔歲同歌舞三換仄今日無歡侣叶三仄南園花少故人稀四換平月照玉樓依舊有句似當時叶四平

《子野詞》屬中吕調。

前後第四句不叶韻，與各家異。

又一體五十八字　晁補之

羊山餞杜侍郎郡君十二姑及外弟天逵

原桑飛盡霜空杳韻霜夜愁難曉叶油燈野店怯黄昏換平窮途不減酒杯深叶平故人心叶平　羊山故道行人少叶仄也送行人老叶仄一般别語重千金叶平明年過我小園林叶平話如今叶平

前後仄平兩韻，不换叶。

又一體五十六字　秦觀

高城望斷塵如霧韻不見聯驂處叶夕陽村外小灣頭換平只有柳花無數句送歸舟叶平　瓊枝玉樹頻頻見三換仄只恨離人遠叶三仄欲將幽恨寄青樓叶平争奈無情江水句不西流叶平

與李作同，惟兩起换韻，兩結不换韻。

又一體五十六字　杜安世

江亭春晚芳菲盡韻行色青天近叶畫橋楊柳也多情換平暗拋飛絮惹前行叶平路塵清叶平　彤庭

早晚瞻虞舜叶仄遥聽恩遷峻叶仄二年歌宴綺羅人三換平片雲疏雨忍漂淪三叶平淚沾巾三叶平

上半不换韻，下半换平韻。

又一體五十六字 蔡伸

紅塵匹馬關山道韻人與花俱老叶緩垂鞭袖過平康換平散盡高陽句零落少年場叶平 朱弦重理相思調叶仄無奈知音少叶仄十年如夢儘堪傷叶平樂事如今句回首做淒涼叶平

兩起兩結俱不换韻，結句於第四字豆。

又一體五十八字 黄同武

捲簾人出身如燕韻燭底粉妝明艷叶羯鼓初催按六幺換平無限春嬌句都上舞裙腰叶平 畫堂深窈親曾見叶仄宛轉楚波如怨叶仄小立花心曲未終三換平一把柳絲句無力倚東風三叶平

前後兩次句六字，與前異。兩第三句平仄亦異，餘同李後主作。「嬌」字偶合，未必是叶。蔡作「陽」字亦然。

愚按：此詞與《臨江仙》句法全同，但平仄、叶韻互異。

詞繫卷三

五代　十國附

一葉落三十一字

李存勗

一葉落韻褰朱箔叶此時景物正蕭索叶畫樓月影寒句西風吹羅幕叶吹羅幕疊叶往事思量着叶

《五代史》云，後唐莊宗能自度曲，此其一也。

以首句立名，他無作者。第六句疊三字，是定格。

陽臺夢四十九字

薄羅衫子金泥鳳韻困纖腰怯銖衣重叶笑迎移步小蘭叢句嚲金翹玉鳳叶　嬌多情脈脈句羞把同心撚弄叶楚天雲雨卻相和句又入陽臺夢叶

以末句爲調名，《北夢瑣言》：後唐莊宗製。

「鳳」字重叶，舊本有改首句「鳳」字爲「縫」字者。「玉」字，葉《譜》作「翠」。

又一體五十七字

解　昉

仙姿本寓韻十二峰前住叶千里行雲行雨叶偶因鶴馭過巫陽換平邂逅他豆楚襄王叶平　無端宋玉誇才賦叶仄誣誕人心素叶仄至今狂客到陽臺三換平也有癡心句望妾入豆夢中來三叶平

見《花草粹編》。平仄三換韻，與前作異，此變格也。

歌頭一百三十六字

賞芳春句暖風飄箔韻鶯啼綠樹句輕烟籠晚閣叶杏桃紅豆開繁萼叶靈和殿豆禁柳千行句斜金絲絡叶夏雲多豆奇峰如削叶紈扇動微涼句輕綃薄叶梅雨霽句火雲爍叶臨水檻豆永日逃繁暑句泛觥酌叶　露華濃句冷高梧句彫萬葉換仄一霎晚風句蟬聲新雨歇叶二仄暗惜此光陰句如流水句東籬菊殘時句嘆蕭索叶繁陰積句歲時暮句景難留句不覺朱顏失卻叶好容光句旦旦須呼賓友句西園長宵句宴雲謠句歌皓齒句且行樂叶

唐教坊曲名。《尊前集》注大石調。

凡大曲皆有歌頭，裁截其曲首數句，另創新腔，故曰歌頭。大曲皆十餘遍，歌頭者第一遍也，乃曲之始音。如《六州歌頭》、《水調歌頭》、《氏州第一》之類。此詞單名《歌頭》，必是遺寫調名。五代以前小令居多，此爲長調之祖，詞之以「歌頭」名者始此。

《詞律》不注句讀，謂有訛處。不知「葉」、「歇」二字，换韻自爲叶，今遵《詞譜》句讀。

小重山 五十八字　重一作沖　一名柳色新　枕屏風

韋莊

一閉昭陽春又春韻夜寒宫漏永句夢君恩叶卧思陳事暗消魂叶羅衣濕句紅袂有啼痕叶　歌吹隔重閽叶繞庭芳草緑句倚長門叶萬般惆悵向誰論叶凝情立句宫殿欲黄昏叶

《宋史·樂志》：雙調。《九宫大成》入南詞雙調引。

僧祖可詞名《小冲山》，姜夔詞加「令」字。韓淲詞有「點染烟濃柳色新」，名《柳色新》，一名《枕屏風》。餘詳見《荷葉杯》下。

五代及宋人通用此體。張先《感皇恩》一首與此字句悉同，定是誤寫調名。但宫調各别，未敢擅并，分列俟考。「夜」、「卧」、「繞」、「萬」可平。「春」、「陳」、「衣」、「紅」、「歌」、「惆」、「情」、「宫」可仄。「吹」去聲。

又一體 五十七字

無名氏

竹裡清香簾影門韻一枝照水弄精神叶樓頭横管罷龍吟叶休三弄句留爲與調羹叶　紫陌與青

門叶溪邊浮動處句絕纖塵叶等閑休付壽陽人叶瀟灑處句月淡又黄昏叶

見《梅苑》。前段次句七字，比韋作少一字，元劉景翔一首同。「門」字重叶，用韻太雜。「爲」去聲。

又一體 五十八字

黄子行

一點斜陽紅欲滴韻白鷗飛不盡句楚天碧句漁歌聲斷晚風急叶攬蘆花句飛雪滿林濕叶　孤館百憂集叶家山千里遠句夢難覓叶江湖風月好收拾叶故溪雲句深處着蓑笠叶

此用仄韻。

歸國謠 四十三字 謠一作遥

金翡翠韻爲我南飛傳我意叶罨畫橋邊春水叶幾年花下醉叶　別後只知相愧叶淚珠難遠寄叶羅幕綉幃鴛被叶舊歡如夢裡叶

唐教坊曲名。

《詩經》：我歌且謠。《爾雅》：徒歌曰謠。詞之以「謠」名者始此。與馮延巳之《歸自謠》不同，故分列。「幾」、「別」可平。「橋」、「羅」可仄。「爲」去聲。

又一體四十二字　　温庭筠

香玉韻翠鳳寶釵垂㝩𥨍叶鈿筐交勝金粟叶越羅春水緑叶　畫堂照簾殘燭叶夢餘更漏促叶謝娘無限心曲叶曉屏山斷續叶

首句二字比韋作少一字，前後第三句平仄亦異。後起句又一首作「錦帳綉斜掩」，平仄異。

又一體四十二字　　顔奎

春風拂拂韻簾花雙燕入叶少年湖上風日叶問天何處覓叶　湖山畫屏晴碧叶夢華知夙昔叶東風忘了前迹叶上青蕪半壁叶

元《草堂詩餘》名《歸平謡》，「平」字是刻誤。

首句四字，次句五字，此因温作而變其句法，少叶一韻。《詞律》失載此體。

喜遷鶯四十七字　或加令字　一名鶴沖天　萬年枝　春光好　燕歸來　早梅芳

街鼓動句禁城開韻天上探春回叶鳳銜金榜出門來叶平地一聲雷叶　鶯已遷句龍已化換仄一夜

滿城車馬叶仄家家樓上簇神仙三換平爭看鶴沖天三叶平

《太和正音譜》注黄鐘宫。《九宫大成》入南詞正宫引。歐陽修詞因此末句名《鶴沖天》與柳永之長調無涉。和凝詞有「飛上萬年枝」句，名《萬年枝》。馮延巳詞有「拂面春風長好」句，名《春光好》，與和凝正調不同。夏竦詞加「令」字，晏幾道詞，名《燕歸來》。李德載詞有「殘臘裡，早梅芳」句，名《早梅芳》，與李之儀正調不同。與蔡挺之長調無涉，故分列。

凡三換韻，宋人俱用此體。「春」字，葉《譜》作「人」，「衙」字作「街」，誤。「門」字作「雲」。「鼓」、「一」、「滿」可平。「天」、「平」、「家」、「樓」、「爭」可仄。「探」去聲。

又一體四十七字　　毛文錫

芳春景句曖晴烟韻喬木見鶯遷叶傳枝偎葉語關關叶飛過綺叢間叶　錦翼鮮句金毳軟換仄百囀千嬌相喚叶仄碧紗窗曉怕聞聲句驚破鴛鴦暖叶仄

末二句不換平韻，仍叶仄韻，「春」字，一本作「人」，「曖」字作「暖」，「金」字作「含」，皆誤。「叢」字，葉《譜》作「樓」，「曉」字作「外」。

又一體四十七字　　薛昭藴

殘蟾落句曉鐘鳴韻羽化覺身輕叶乍無春睡有餘醒叶杏苑雪初晴叶　紫陽長句襟袖冷換仄不是

人間風景叶仄回看塵上似前生叶平休羨谷中鶯叶平

《九宫大成》入黄鐘宫正曲。

後結仍叶前平韻，不换韻。《詞律》但駁《圖譜》不注叶韻，忘收此體。

又一體 四十七字

馮延巳

宿鶯啼句鄉夢斷句春樹曉朦朧韻殘燈和燼閉朱櫳叶人語隔屏風叶　香已寒句燈已絶换仄忽憶去年離别叶仄石城花雨倚江樓三换平波上木蘭舟三叶平

此亦三换韻，前段次句不叶。

又一體 四十七字 一名燕歸梁　燕歸來

李煜

曉月墜句宿烟微韻無語枕頻欹叶夢回芳草思依依叶天遠雁聲稀叶　啼鶯散换仄餘花亂叶仄寂寞畫堂深院叶仄片紅休掃儘從伊叶平留待舞人歸叶平

一名《燕歸梁》，與晏殊《燕歸梁》正調不同。

與薛作同，惟後起句即换仄韻。「墜」字，葉《譜》作「墮」。

又一體四十七字　　晏殊

風轉蕙句露催蓮韻鶯語尚綿蠻叶堯蓂隨月欲團圓叶真馭降荷蘭叶　褰油幕換仄調清樂叶仄四海一家同樂叶仄千官心在御爐香三換平聖壽祝天長叶三平

後起句亦叶韻，與後主同。末二句另換平韻，與韋作同。

又一體四十六字　　張元幹

送何晉之大著兄赴朝歌以侑酒

文倚馬句筆如椽韻桂殿早登仙叶舊游册府記當年叶衮綉合貂蟬叶　慶天申句瞻玉座句鵷鷺正陪班叶看君穩步上花磚叶歸院引金蓮叶

《汲古》有「令」字。通首用平韻。後起二句不叶韻，三句亦五字不換韻，比各家少一字。「上」字，葉《譜》作「過」。

鶴冲天二十三字　　馮延巳

曉月墜句宿雲披韻銀燭錦屏圍叶建章鐘動玉繩低叶宫漏出花遲叶

此《喜遷鶯》之前半闋，原名《鶴冲天》。

《南唐書》：馮延巳著樂章百闋，其《鶴冲天》、《歸國謡》詞，見稱于世。

謁金門 四十五字

一名空相憶 楊花落 出塞 春尚早 春早湖山 東風吹酒面 不怕醉 醉花春 垂楊碧 花自落 離鵲喜

空相憶韻無計得傳消息叶天上嫦娥人不識叶寄書何處覓叶 新睡覺來無力叶不忍把伊書迹叶滿院落花春寂寂叶斷腸芳草碧叶

唐教坊曲名，高拭詞注商調。《九宮大成》入南詞仙吕宮引。許《譜》同。

《教坊記》又有儒士謁金門名此。因首句一名《空相憶》。李清臣詞名《楊花落》，李石詞名《出塞》。韓淲詞有「春尚早，春入湖山漸好」句，故名《春尚早》，又名《春早湖山》。又有「東風吹酒面」句，名《東風吹酒面》。又有「不怕醉」句，名《不怕醉》。又有「人已醉，溪北溪南春意，擊鼓吹簫花落未」句，名《醉花春》。張輯詞有「樓外垂楊如此碧」句，名《垂楊碧》。又有「無風花自落」句，名《花自落》。周密詞名《聞鵲喜》。

各家俱從此體。「把」字，一作「看」。「得」、「寄」、「覺」、「不」、「把」、「滿」、「落」、「斷」可平。「相」、「無」、「天」、「嫦」、「新」可仄。愚按：韋創各調，皆因寵人爲蜀主羈留而作，兼懷故國之思，辭意寄托甚深。

又一體 四十五字

孫光憲

留不得韻留得也應無益叶白苧春衫如雪色叶揚州初去日叶 輕別離句甘拋擲叶江上滿帆風

疾叶卻羨彩鴛三十六借叶孤鸞還一隻叶

後起作兩三字句，與前異。《圖譜》注一二一四字句，誤。六字是借叶。

又一體四十六字　一名楊花落　賀鑄

李黃門夢得一曲，前遍二十言，後遍二十二言，而無其聲。予采其前遍潤一橫字，已續二十五字寫之云。

楊花落韻燕子橫穿朱閣叶常恨春醪如水薄叶閒愁無處著叶　綠野帶豆江山絡角叶桃葉參差前約叶歷歷短檣沙外泊叶東風晚來惡叶

舊譜爲李清臣作。據《樂府雅詞》是賀仿李作，李詞惜不傳。今改正，以首句名《楊花落》。

換頭句七字與前異。

望遠行六十字

欲別無言倚畫屏韻含恨暗傷情叶謝家庭樹錦鷄鳴叶殘月落邊城叶　人欲別句馬頻嘶換平綠槐千里長堤叶二平出門芳草路萋萋叶二平雲雨別來易東西叶二平不忍別君後句卻入舊香閨叶二平

唐教坊曲名。《中原音韻》、《太和正音譜》俱注商調。《九宮大成》入南詞仙吕宫引。與柳永之長調無涉，故分列。詞中以「行」名者始此。凡兩换韻皆平。

又一體 五十三字　　李珣

春日遲遲思寂寥韻行客關山路遥叶瓊窗時聽語鶯嬌叶柳絲牽恨一條條叶　休暈綉句罷吹簫叶貌逐殘花暗凋叶同心猶結舊裙腰叶忍辜風月度良宵叶

通首不换韻。前段次句六字，比韋作多一字，四句七字多二字。後段少末二句。李凡兩首，平仄如一，作者切不可移易。「瓊窗時聽」四字，一作「玉郎一去」。「玉」、「一」二字，以入作平，故不注，只「春」字、「猶」字可易仄。「思」、「聽」去聲。

又一體 五十五字　　李煜

碧砌花光照眼明韻朱扉長日鎮長扃叶餘寒欲去夢難成叶爐香烟冷自亭亭叶　遼陽月句秣陵砧叶不傳消息但傳情叶黄金臺下忽然驚叶征人歸日二毛生叶

一本爲李璟作。兩次句作七字，與李珣作異。「長日鎮長扃」五字，一本作「鎮日長扃」少一字。

此詞與《鷓鴣天》相似，只前後第三句叶韻。

又一體 七十八字　　吴禮之

當時雲雨夢句不負楚王期韻翠峰中豆高樓十二掩瑤扉叶儘人間歡會句只有兩心自知叶漸玉困花柔香汗揮叶　歌聲翻別怨句雲馭欲回時叶這無情豆紅日何似且休西叶但涓涓珠淚句滴濕仙郎羽衣叶怎忍見雙鴛相背飛叶

此體與各家迥別，見《樂府雅詞》。一本無名氏。

前後第三句十字，是一氣貫下，於第三字略逗，勿作兩五字句。兩結八字句，「漸」字、「怎」字是一領七字句法。詞中似此者甚多，勿誤認。「日」作平聲。

江城子 三十五字　城一作神

恩重嬌情易傷韻漏更長叶解鴛鴦叶朱唇未動句先覺口脂香叶緩揭綉衾抽皓腕句移鳳枕句枕檀郎叶

《詞譜》注中吕宫。張先詞屬高平調。《九宫大成》入南詞越調引，與本調正曲不同。晁補之詞名《江神子》。

宋詞俱加後疊，首句牛嶠作「鵁鶄飛起郡城東」，平仄異。韋又一首亦然。「檀」字一本作「潘」。「未」、「緩」、「綉」可平。「恩」去聲。「嬌」、「情」、「朱」可仄。

又一體三十七字　牛嶠

極浦烟消水鳥飛韻離筵分首時叶送金巵叶渡口楊花句狂雪任風吹叶日暮空江波浪急句芳草岸句雨如絲叶

次句五字，比前多二字。「渡口楊花」四字平仄異。「首」字一作「手」，「狂」字一作「如」。

又一體三十六字　尹鶚

裙拖碧句步飄香韻纖腰束素長叶鬢雲光叶拂面瓏璁句膩玉碎凝妝叶寶柱秦箏彈向晚句弦促雁句更思量叶

首句兩三字，比前少一字，餘同牛作。

又一體三十七字　歐陽炯

晚日金陵岸草平韻落霞明叶水無情叶六代繁華句暗逐逝波聲叶空有姑蘇臺上月句如西子豆鏡

照江城叶

《集解》：名始於歐陽炯，因末句名。愚按：韋莊作在前，不知何人創始，玩牛詞是江神廟作，或歐爲《江城子》，牛爲《江神子》歟？

尾句比韋詞多一字，餘同。一本於「鏡」字句，誤。

又一體三十五字　　張　泌

碧闌干外小中庭韻雨初晴叶曉鶯聲叶飛絮落花時節句近清明叶睡起捲簾無一事句勻面了句没心情叶

《古今詞話》：張子澄以《江城子》一闋得名，國亡仕宋。少與鄰女浣衣善，經年夜必夢之。女別字，泌寄以詩，浣衣流淚而已。

與韋作同，平仄差異。第四句上六下三字，一氣貫下，分讀，不拘。

又一體七十字　一名水晶簾　村意遠　　蘇　軾

大雪有懷朱康叔使君，亦知使君之念我也。作江神子以寄之。

黄昏猶是雨纖纖韻曉開簾叶欲平檐叶江闊天低句無處認青簾叶孤坐凍吟誰伴我句揩病目句捻

衰鬢叶　使君留客醉懨懨叶水晶鹽叶爲誰甜叶手把梅花句東望憶陶潛叶雪似故人人似雪句雖可愛句有人嫌叶

《九宫大成》入南詞中呂宮引。

此比唐詞加一疊，田不伐《江神子慢》與此無涉，宜各列。因詞中有「水晶簾」字，故名《水晶簾》，韓淲詞有「臘後春前村意遠」句，名《村意遠》。

「揩病目」、「雖可愛」，照唐詞宜作平仄仄，各家皆然。間有用仄平仄，或平平仄者，是偶筆，不可從。

又一體 七十字　　黄庭堅

新來又被眼奚搐韻不甘伏叶怎拘束叶似夢還真句煩亂損心曲叶見面暫時還不見句看不足叶惜不足叶　不成歡笑不成哭叶戲人目叶遠山蹙叶有分看伊句無分共伊宿叶一貫一文蹺十貫句千不足叶萬不足叶

此用仄韻，與蘇作同，只兩「不」字入作平。《詞律》謂通首以入作平，殊不可解。「看」、「不」作平聲。「分」去聲。

上行杯 四十一字

芳草灞陵春岸韻柳烟深豆滿樓弦管叶一曲離歌腸寸斷叶　今夜送君千萬叶紅鏤玉盤金鏤

盞叶須勸叶珍重意句莫辭滿叶

唐教坊曲名。《九宮大成》入南詞小石調正曲，許《譜》同。此祖帳之詞，故名。「歌」字，《詞譜》作「聲」，「寸」字作「欲」、「夜」字作「日」、「紅鏤」作「紅樓」。「一」、「寸」可平。「芳」、「離」可仄。「鏤」去聲。

又一體 三十八字　　孫光憲

草草離亭鞍馬句從遠道豆此地分襟韻燕宋秦吴千萬里換仄　無辭一醉叶仄野棠開句江草濕三換仄佇立叶三仄沾泣叶三仄征騎駸駸叶平

前段與韋作同，只「此地分襟」四字平仄異。後段換韻，則大不同。以下兩首，《詞律》爲鹿虔扆作，誤。

又一體 三十九字　　孫光憲

離棹逡巡欲動韻臨極浦豆故人相送叶去住心情知不共叶　金船滿捧叶綺羅愁句絲管咽換仄迴別叶二仄帆影滅叶二仄江浪如雪叶二仄

與前作同。只「帆影滅」句多一字，首句即起韻，凡換兩韻，不用平韻，尾句不與前叶異。或謂後段起句當屬前尾爲是。《詞律》以爲單調小令不宜分兩段，未知孰是，舊本如此，當仍之。

又一體 五十字

馮延巳

落梅着雨消殘粉韻雲重烟深寒食近叶羅幕遮香換平柳外鞦韆出畫牆叶平　青山顛倒釵頭鳳三換仄飛絮入簾春睡重三叶仄夢裡佳期四換平祇許庭花與月知四叶平

原名《上行杯》，句法與各家皆不同，實與《偷聲木蘭花》無二，當是誤寫調名，詞中往往因此傳訛，遂并爲一調。今録原作加以辨證，使後人知致誤所由來也。後仿此。

應天長 五十字

緑槐陰裡黄鶯語韻深院無人春畫午叶畫簾垂句金鳳舞叶寂寞綉屏香一炷叶　碧天雲句無定處叶空有夢魂來去叶夜夜緑窗風雨叶斷腸君信否叶

《九宫大成》入南詞羽調正曲。

毛幵詞加「令」字，與柳永之長調無涉，故分列。

「鶯」字葉《譜》作「鸝」。「緑」、「畫」、「鳳」、「綉」、「夢」可平。「陰」、「深」、「無」、「垂」、「金」可仄。

又一體五十字　　牛嶠

玉樓春望晴烟滅韻舞衫斜捲金條脱叶黄鸝嬌囀聲初歇叶杏花飄盡龍山雪叶　鳳釵低赴節叶筵上王孫愁絶叶鴛鴦對銜羅結叶兩情深夜月叶

前段第三句七字，後段起句五字，與前異。「鴛鴦」句平仄亦異。毛文錫作，前段次句四字，後結句，平仄與此相反。「羅」字，葉《譜》作「雙」。

又一體四十九字　　顧敻

瑟瑟羅裙金綫縷韻輕透鵝黄香畫袴叶垂交帶句盤鸚鵡叶裊裊翠翹移玉步叶　背人勻檀炷叶漫轉横波偷覷叶斂黛春情暗許叶倚屏慵不語叶

與牛作同，惟前段第三句用兩三字句。同韋作，首句平仄異。後起句「檀」字用平。李後主一首起句平仄相反。

玉樓春五十六字　或加令字　一名西湖曲　歸朝歡令

日照玉樓花似錦韻樓上醉和春色寢叶緑楊風送小鶯聲句殘夢不成離玉枕叶　堪愛晚來韶景

甚叶寶柱秦箏方再品叶青蛾紅臉笑來迎句又向海棠花下飲叶

《尊前集》注大石調，又雙調。

康與之詞加「令」字。朱敦儒詞名《西湖曲》。《高麗史・樂志》名《歸朝歡令》，與張先之正調無涉。

《歷代詩餘》：雙調五十六字，即《木蘭花》之又一體。唐詞無此名，五代始有之。別名《春曉曲》，與二十七字者不同。又名《惜春容》，亦有以別名另立調者，止中間平仄略異。《詞律》以《木蘭花》、《平樓春》兩體合一，不立《玉樓春》名，或引《侍兒小名録》爲據。愚按：唐季五代已立兩名，並非後人改换新名。平仄韻異，何得不另立一體，幾將《平樓春》之調抹去。且《木蘭花》有兩三字句者，《玉樓春》必作七言八句，各不相侔。《侍兒小名録》亦沿前人之誤，何足爲據？不如各立主名爲是。至萬氏謂宋人平仄整齊，首句第二字用平，次句第二字用仄，三平四仄等爲有定格，不知南唐已有此體，並非宋格。本譜專叙時代，以徵分合變化之源流，庶免附會掛漏之弊。又《步蟾宮》調亦七言八句，但第二四六八句，皆上三下四字，《瑞鷓鴣》第平韻，皆非同調。《圖譜》等書混列，大誤。首句有「玉樓」二字，或因此取名。顧作二首亦然，究不知昉自何人。

又一體五十六字　一名春曉曲　惜春容

温庭筠

家臨長信往來道韻乳燕雙雙掠烟草叶油壁車輕金犢肥句流蘇帳曉春鷄早叶　籠中嬌鳥暖猶睡句簾外落花閑不掃叶衰桃一樹近前池句似惜紅顔鏡中老叶

《樂章集》屬林鐘商。

因前結句名《春曉曲》。南唐後主詞，名《惜春容》。句法與韋作同，只平仄互異。後起句不叶韻。

又一體五十六字　　牛嶠

春入横塘摇淺浪韻花落小園空惆悵叶此情難信爲狂夫句恨翠愁紅流枕上叶　小玉窗前嗔燕語换仄紅淚滴穿金綫縷叶二仄雁歸不見報郎歸句織成錦字封過與叶二仄

後段换韻，與前兩作不同。「難」字，一本作「誰」。「過」平聲。

又一體五十六字　　顧夐

月照玉樓春漏促韻颯颯風摇庭砌竹叶夢驚鴛被覺來時句何處管弦聲斷續叶　惆悵少年游冶去句枕上兩蛾攢細緑叶曉鶯簾外語花枝句背帳猶殘紅蠟燭叶

顧又一首，首句亦有「玉樓春」字，或此調即顧所製歟？後起句不叶韻，與温作同，而平仄異。

又一體五十六字　　李煜

晚妝初了明肌雪韻春殿嬪娥魚貫列叶笙簫吹斷水雲間句重按霓裳歌遍徹叶　臨春誰更飄香

屑叶醉拍闌干情味切叶歸時休放燭花紅句待踏馬蹄清夜月叶

《樂章集》屬大石調，又屬林鐘商。

《詞苑》：李後主宮中未嘗點燭，每夜則懸大寶珠，光照一室，嘗賦《玉樓春》詞云云。

宋人多用此體，即《詞律》所謂第二字首句平，次句仄，三平四仄者是也。「笙簫吹斷」四字，葉《譜》作「鳳簫聲徹」。「春」字作「風」，「味」字作「未」，「待」字作「醉」。

又一體五十六字　　柳　永

有個人人真堪羨韻問着洋洋回卻面叶你若無意向他人句爲甚夢中頻相見叶　不如聞早還卻願叶免使牽人虛魂亂叶風流腸肚不堅牢句只恐被伊牽引斷叶

《樂章集》屬仙吕宮。

此用拗體。「着洋洋」三字，汲古作「卻佯羞」，「他人」二字作「咱行」，「虛魂」二字作「魂夢」，「引」字作「惹」，今從宋本。

怨王孫五十三字　一名秋光滿目　慶同天　月照梨花

錦里韻蠶市叶滿街珠翠叶千萬紅妝換平玉蟬金雀句寶髻花簇鳴璫叶平繡衣長叶平　日斜歸去

人難見三换仄青樓遠叶三仄隊隊行雲散叶三仄不知今夜何處句深鎖蘭房叶平隔仙鄉叶平

徐昌圖詞名《秋光滿目》。

《樂章集》注仙吕調。《碧鷄漫志》：屬無射宫。歐陽永叔詞内《河傳》附越調，亦《怨王孫》曲，今世《河傳》乃仙吕調，皆非也。

此與《河傳》格調頗合，然《碧鷄漫志》所論，已分宫調，宋人各立調名，當分列，與向子諲《怨王孫》不同。此詞《花間》未載。

「不知今夜」二句，上六下四字，亦有作上四下六字，可不拘。葉《譜》於「寶髻」分句，誤。

又一體五十三字　張元幹

小院春晝韻情窗霞透叶着雨胭脂句倚風翠袖叶芳意惱亂人多换平暖金荷叶平　多情不分群葩後叶仄傷春瘦叶仄淺黛眉尖秀叶仄紅潮醉臉句半掩花底重門三换平怨黄昏三叶平

「院」字不叶韻，「袖」字叶韻。後起仍叶前仄韻，與韋作異。《詞律》未經拈出，漏注。「分」去聲。

月照梨花五十四字　陸游

悶已縈損韻那堪多病叶幾曲屏山句伴人晝静叶梁燕催起猶慵换平换熏籠叶平　新愁舊恨何時

盡叶仄漸凋緑鬢叶仄小雨知花信叶仄芳箋寄與何處句綉閣珠櫳叶平柳陰中叶平

此調《放翁詞》不載。

《詞律》：確是《怨王孫》即確是《河傳》。愚按：《碧鷄漫志》已詳辨之矣。惟此調與《怨王孫》體格正同，當附列。後段第三句四字比韋作多「漸」字，是襯字也。

又一體 五十五字

閨怨　　黄昇

晝景韻方永叶重簾花影叶好夢猶酣句鶯聲喚醒叶門外風絮交飛換平送春歸叶平　修蛾畫了無人問叶仄幾多别恨叶仄淚洗殘妝粉叶仄不知郎馬何處嘶叶平烟草凄迷叶平鷓鴣啼叶平

「景」字起韻。「不知」句七字，與陸異。《詞律》加「嘶」字，此句遂拗，斷爲誤多。又注三换仄、四换平，皆誤。

慶同天 五十二字

張先

海宇稱慶韻誕生元聖叶風入南薰換平拜恩瑶闕句衣上曉色猶春叶平望堯雲叶平　游鈞廣樂人疑夢三換仄仙聲共三叶仄日轉旗光動叶三仄無疆聖算句何待祝華對四換平與天同四叶平

《九宫大成》入北詞仙吕宫調。

此以末句立名，當是應製作，故改立佳名耳，據《九宫》爲合調體格，卻與《怨王孫》、《月照梨花》相似，故附列。只後結少一字，凡四换韻，略異。《詞律》未收。

望江怨 三十五字

牛嶠

東風急韻惜別花時手頻執叶羅幃愁獨入叶馬嘶殘雨春蕪濕叶倚門立叶寄語薄情郎句粉香和淚滴叶

或於「獨入」句分段，可不必。「手」字、「倚」字宜用仄聲。「滴」字，各本皆作「泣」，今從《歷代詩餘》本。

感恩多 四十字

自從南浦別韻愁見丁香結叶近來情轉深换平憶鴛衾叶平　幾度將書託烟雁句淚盈襟叶平淚盈襟疊叶禮月求天句願君知妾心叶平

唐教坊曲名。《九宫大成》入南詞羽調引。

凡兩换韻，「淚盈襟」疊一句，二首同，必當從。「情」字、「知」字，宜用平聲，「託」字用仄聲。

又一體三十九字

牛嶠

兩條紅粉淚韻多少香閨意叶強攀桃李枝換平斂愁眉叶平　陌上鶯啼蝶舞句柳花飛叶平柳花飛疊叶願得郎心句憶家還早歸叶平

後起句六字，比前少一字，亦平仄互叶體。「桃」字、「還」字用平聲。「蝶」字用仄聲。

木蘭花五十六字

庾傳素

木蘭紅艷多情態韻不似凡花人不愛叶移來孔雀檻邊栽句折向鳳凰釵上戴叶　是何芍藥爭風彩叶自共牡丹長作對叶若教爲女嫁東風句除卻黃鶯難匹配叶

唐教坊曲名。張先詞屬林鐘商。《太和正音譜》注高平調。

愚按：此詞見《全唐詩》，不知錄自何本。唐詞皆以本意名調，或取詞中句，如《虞美人》等類，庾爲前蜀人，與韋莊、牛嶠同事王建，雖無自製曲確據，考之時代，詠本意者，當以此首爲式。句調儼似《玉樓春》體，而平仄差異，各譜或分或合，聚訟紛如，然唐樂府皆五七言體，而宮調名目各別，不知凡幾，何得一概合并？餘詳《玉樓春》下。與柳永之《木蘭花慢》無涉，宜分列。

又一體五十五字　　韋莊

獨上小樓春欲暮韻愁望玉關芳草路叶消息斷句不逢人句卻斂細眉歸綉户叶　坐看落花空嘆息換仄羅袂濕斑紅淚滴叶二仄千山萬水不曾行句魂夢欲教何處覓叶二仄

《九宮大成》入北詞平調隻曲。

前段第三句兩三字，比前少一字，凡兩換韻亦異。愚按：《花間集》只載以下三體，其五十六字者，皆名《玉樓春》。本有區別，各本混而爲一，以致傳訛。今分列。

又一體五十六字　　許岷

江南日暖芭蕉展韻美人折得親裁剪叶書成小簡寄情人句臨行更把輕輕撚叶　其中撚破相思字換仄卻恐郎疑踪不似叶二仄若還猜妾倩人書句誤了平生多少事叶二仄

後段亦換仄韻，餘同庚體。

又一體五十四字　　魏承班

小芙蓉句香旖旎韻碧玉堂深清似水叶閉寶匣句掩金鋪句倚屏拖袖愁如醉叶　遲遲好景烟花

媚叶曲渚鴛鴦眠錦翅叶凝然愁望静相思句一雙笑靨嚬香蕊叶

前段起句兩三字，與韋作異。後段字句雖同，而平仄亦異。通首不换韻。

又一體五十二字　　毛熙震

掩朱扉句鈎翠箔韻滿院鶯聲春寂寞叶匀粉淚句恨檀郎句一去不歸花又落叶　對斜暉句臨小閣叶前事豈堪重想着叶金帶冷句畫屏幽句寶帳慵熏蘭麝薄叶

四段兩三、一七字句，與前二家異。宋人作者甚多，何得注可平可仄，《詞律》每以前後段比較，最謬。

減字木蘭花四十四字　　柳永

花心柳眼韻郎似游絲常惹絆叶慵困誰憐换平綉綫金針不喜穿叶平　深房密宴叶仄争向好天多聚散叶仄緑鎖窗前叶平幾日春愁廢管弦叶平

《樂章集》屬仙吕宫。

一四一七字句，凡四段，兩换韻。所謂減字者，比庚詞每段減三字也。「慵困」二字，《汲古》作「獨爲」、「春愁」二字缺，今據宋本訂正。

又一體四十四字　一名減蘭　木蘭香　天下樂令

荔枝　　蘇軾

閩溪珍獻韻過海雲帆來似箭叶平座金盤換平不貢奇葩四百年叶平　輕紅軟白三換仄雅稱佳人纖手擘三叶仄骨細肌香四換平恰似當年十八娘四叶平

張先詞屬林鐘商。《九宮大成》入北詞雙角隻曲。

《梅苑》：李子正詞名《減蘭》；徐介軒詞名《木蘭香》。《高麗史·樂志》名《天下樂令》，與楊无咎正調無涉。

《詩説雋永》：東坡作。愚按：歐、晏皆有此體。是在蘇前，不知《雋永》何據，姑列俟考。

凡四換韻，後段另換平仄韻，與柳作異。「稱」去聲。

又一體四十四字　　蘇軾

柔和性氣韻雅稱佳名呼懿懿叶解舞能謳換平絶妙年中有品流叶平　眉長眼細叶仄淡淡梳妝新綰髻叶仄懊惱風情三換平春著花枝百態生三叶平

叶申鄰《本事詞》云：贈君猷家姬懿懿。

此上半不換韻，下半換韻，與前異。「稱」去聲。

又一體 四十四字

無名氏

雪中風韻三換仄皓質冰姿真瑩靜三叶仄月下精神叶平來到窗前疑是君叶平 庭梅初綻韻風遞幽香清更遠叶別有孤根換平不待陽和一點恩叶平

見《梅苑》。此體共四首，皆無名氏。上半換韻，下半不換韻，與前又異。「瑩」去聲。

偷聲木蘭花 五十字

張先

重來卻擁諸侯騎三換仄寶帶垂魚金照地三叶仄和氣融人四換平清霅千家日日春四叶平 曾居別乘康吳俗韻民到於今歌不足叶驪馭征鞭換平一去東風十二年叶平

《子野詞》屬仙吕調。《九宮大成》入南詞小石調正曲。

此調馮延巳作，名《上行杯》，定是誤寫調名，詞之以「偷聲」名者僅此。前後段第三句各四字，比廣作各少三字，偷減其聲律，亦減字意也。「別」、「卻」、「寶」可平。「曾」、「民」、「驪」、「垂」、「和」、「清」可仄。「乘」去聲。

樂游曲 二十七字

陳后 名金鳳

龍舟搖曳東復東韻采蓮湖上紅更紅叶波淡淡句水溶溶叶奴隔荷花路不通叶

陳氏乃閩嗣主王延鈞之后。《金鳳外傳》：后於端陽日造彩舫數十於西湖，延鈞御龍舟觀之。因作此曲，使宮女同聲歌之云。

此首與《漁歌子》同，其又一首，起句作「西湖南湖鬥彩舟，青蒲紫蓼滿中洲」，平仄異。

醉妝詞 二十二字

王衍

者邊走句那邊走韻只是尋花柳叶那邊走句者邊走疊莫厭金杯酒叶

此調他無作者。

《北夢瑣言》：蜀主王衍裹小巾，其尖如錐。宮妓多衣道服，簪蓮花冠，施脂夾粉，名曰醉妝。自製《醉妝詞》。又嘗宴於怡神亭，自執板，歌《後庭花》、《思越人》曲。「者」字即「這」字，佛書中多用之。

甘州曲 二十八字

畫羅裙韻能結束句稱腰身叶柳眉桃臉不勝春叶薄媚足精神叶可惜許豆淪落在風塵叶

《唐書·禮樂志》：天寶間，樂曲皆以邊地爲名，《甘州》其一也。《樂苑》：羽調曲。《九宮大成》入北詞小石角隻曲，「曲」一作「子」。

《輿地廣記》：甘州，漢爲匈奴，西魏置西涼州，尋改曰甘州。

《十國春秋》：蜀王衍奉其太后太妃，禱青城山。宫人皆衣雲霞之衣，後主自製《甘州曲》，令宫人唱之，其詞哀怨，聞者悽愴，衍意本謂神仙而在凡塵耳，後降中原，宫妓多淪落人間，始驗其語。亦見《五國故事》。

各本無「許」字，幾疑「惜」字入作平，今從《花草粹編》補入，與顧作末句正合，校書固不可不審也。「稱」去聲。「勝」平聲。

甘州子 三十二字

顧　敻

紅爐深夜醉調笙韻敲拍處句玉纖輕叶小屏古畫岸低平叶烟月滿閑庭叶山枕上句燈背臉波横叶

唐教坊曲名。許氏《詞譜》入北詞小石調。

《碧鷄漫志》：顧敻、李珣有倒排《甘州》。

此與前作相似，惟首句七字，比《甘州曲》多四字，自是一調，故類列。顧凡五首，俱用「山枕上」三字，想有命意，作者可不拘。「小」、「古」可平。「紅」、「深」、「烟」、「燈」可仄。

甘州遍 六十三字

毛文錫

春光好句公子愛閑游韻足風流叶金鞍白馬句雕弓寶劍句紅纓錦襜出長秋叶　花蔽膝句玉銜

頭叶尋芳逐勝歡宴句絲竹不曾休叶美人唱豆揭調是甘州叶醉紅樓叶堯年舜日句樂聖永無憂叶

唐教坊大曲，名《甘州》。

凡大曲多遍，此則《甘州》之一遍也。亦是《六州歌頭》之一，後段第五句取以立名，與《甘州曲》、《甘州子》、《甘州令》皆不同。詞之以「遍」名者僅此。「禬」上聲。

愚按：唐時大曲，雖十餘遍，不過五七言四句而已。此僅一遍，雙疊長短句，董穎《薄媚》即仿此格。是初變唐人大曲之舊格，漸開後世套曲之先聲矣。詞變爲曲，實兆於此。

紗窗恨 四十一字

新春燕子還來至韻一雙飛換平壘巢泥濕時時墜叶仄浣人衣叶平　後園裡看百花發句香風拂豆綉户金扉叶平月照紗窗句恨依依叶平

唐教坊曲名。

此調僅見毛作二首，想因末句爲名。「至」字與「墜」字叶韻，亦平仄互叶體。兩首同，毋忽。「看」去聲作平。

又一體 四十二字

雙雙蝶翅塗鉛粉韻咂花心換平綺窗綉户飛來穩叶仄畫堂陰叶平　二三月愛隨風絮句伴落花豆

來拂衣襟叶平更剪輕羅片句傳黃金叶平

「更剪」句比前多一字，亦襯字也，餘同。

戀情深 四十二字

滴滴銅壺寒漏咽韻醉紅樓月叶宴餘香殿會鴛衾換平蕩春心叶平　珍珠簾下曉光侵叶平鶯語隔瓊林叶平寶帳欲開慵起句戀情深叶平

唐教坊曲名。《九宮大成》入南詞羽調引。

毛作兩首，結尾俱用「戀情深」三字，是以立名。

「醉紅樓月」句，其第二首作「簇神仙伴」。「紅樓」二字，必相連，勿誤。「滴」、「宴」可平。「香」、「鶯」可仄。

柳含烟 四十五字　一名柳含金

河橋柳句占芳春韻映水含烟拂路句幾回攀折贈行人叶暗傷神叶　樂府吹爲橫笛曲換仄能使離腸斷續叶仄不如移植在金門叶平近天恩叶平

唐教坊曲名。

此取詞句立名。《歷代詩餘》注，一名《柳含金》。毛共四首皆詠柳。「映」、「拂」、「幾」、「樂」、「斷」、「不」可平。

「含」、「攀」、「吹」、「能」、「離」、「移」可仄。

西溪子 三十五字

昨夜西溪游賞韻芳樹奇花千樣叶鎖春光句金尊滿二換仄聽絃管叶二仄嬌妓舞衫香暖叶二仄不覺到斜暉三換平馬馱歸叶平

唐教坊曲名。

玩詞意是游西溪作，即以立名。

凡三換韻。「聽」平聲。「舞」可平。「奇」、「尊」、「香」可仄。

又一體 三十三字

牛嶠

捍撥雙盤金鳳韻蟬鬢玉釵搖動叶畫堂前句人不語換仄絃解語叶二仄彈到昭君怨處叶二仄翠蛾愁三換平不抬頭叶平

亦三換韻，第二「語」字可不疊韻。

第七句三字，比前少二字，可見前作「不覺」二字是襯字。萬氏謂詞無襯字，殊不足信。「玉」作平聲。「不」、「解」可平。

月宮春 四十九字　一名月中行

水晶宮裡桂花開韻神仙探幾回叶紅芳金蕊繡重臺叶低傾瑪瑙杯叶　玉兔銀蟾爭守護句姮娥姹女戲相偎叶遥聽鈞天九奏句玉皇親看來叶

《宋史·樂志》：太宗製，小石角。《九宮大成》入南詞羽調正曲。

周邦彦詞名《月中行》。

《歷代詩餘》：唐毛文錫詞，詠月宮事，遂以名調。

前段同《阮郎歸》，後段異。「探」、「看」去聲。

月中行 五十字

周邦彦

蜀絲趁日染乾紅韻微暖口脂融叶博山細篆靄房櫳叶静看打窗蟲叶　愁多膽怯疑虚幕句聲不斷豆暮景疏鐘叶團圍四壁小屏風叶淚盡夢魂中叶

後段第二句上三下四字，第三句七字，與毛作異。平仄亦不同。「魂」字，《片玉詞》作「啼」。「看」去聲。

又一體四十九字　　韓淲

柳嬌花妒燕鶯喧韻斷腸空眼穿叶一春風雨夜厭厭叶不聞鐘鼓傳叶　香冷曲屏羅帳掩句園林誰與上鞦韆叶憶得年時鳳枕句日高猶醉眠叶

此體亦名《月中行》。《詞律》未收，與毛詞句法全同，自是一調無疑。「厭」平聲。

又一體四十九字　　陳允平

鬟雲斜插映山紅韻春重淡香融叶自攜紈扇出簾櫳叶花下撲飛蟲叶　薔薇架底偏宜酒句纖纖自引金鐘叶倦歌佯醉倚東風叶愁在落紅中叶

此和周韻，後段第二句六字，比周作少一字，不應互異，疑有脱字。但《日湖漁唱》如此，故列又一體。凡和詞每有增減三字者，想宫調無異，不必計較字數也。

臨江仙五十八字　一名畫屏春

暮蟬聲盡落斜陽韻銀蟾影掛瀟湘叶黄陵廟側水茫茫叶楚山紅樹句烟雨隔高唐叶　岸拍漁燈

風颭碎句白蘋遠散濃香叶靈娥鼓瑟韻清商叶朱弦淒切句雲散碧天長叶

唐教坊曲名。高拭詞注南吕調。《九宫大成》入北詞仙吕調隻曲。

此詠水仙祠，取本意爲名，與《臨江仙引》無涉，宜分列。

賀鑄詞有「人歸落雁後」句，黄庭堅易名《雁後歸》。李清照詞因歐陽修詞句，名《庭院深深》。韓淲詞有「羅帳畫屏春」句，名《畫屏春》。

此調體製最多，備録各體以見增減變化有由來也。

又一體 五十八字　牛希濟

峭壁參差十二峰韻冷烟寒樹重重叶瑶姬宫殿是仙蹤叶金爐珠帳句香靄畫偏濃叶　一自楚王驚夢斷句人間無路相逢叶至今雲雨帶愁容叶月斜江上句征棹動晨鐘叶

首句亦起韻，平仄差異。牛共七首，五首同此，二首與毛同。李珣二首亦同。

又一體 五十四字　牛希濟

披袍窣地紅宫錦句鶯語時囀輕音叶碧羅冠子穩犀簪叶鳳凰雙颭步摇金叶　肌骨細勻紅玉軟句臉波微送春心叶嬌羞不肯入鴛衾叶蘭膏光裡兩情深叶

一本爲和凝作。首句不起韻，兩結句各七字，第二句平仄亦與前異。和凝一首與此同，只次句平仄異。

又一體六十字　顧敻

碧染長空池似鏡句倚樓閒望凝情韻滿衣紅藕細香清叶象牀珍簟句山障掩句玉琴橫叶　暗想昔時歡笑事句如今羸得愁生叶博山爐暖淡烟輕叶蟬吟人靜句殘日傍句小窗明叶

見《花間集》。兩結作兩三字句，比前各多一字，無他作者。「淡」字，葉《譜》作「篆」。

又一體五十八字　顧敻

月色穿簾風入竹句倚屏雙黛愁時韻砌花含露兩三枝叶如啼恨臉句魂斷損容儀叶　香燼暗銷金鴨冷句可堪辜負前期叶繡襦不整鬢鬟欹叶幾多惆悵句情緒在天涯叶

張先詞屬高平調。

首句同牛作不起韻，鹿虔扆二首與此同。《詞統》於鹿作下注：一名《庭院深深》，因歐陽公《蝶戀花·春晚》詞，首句用「庭院深深深幾許」。李易安愛之，因作《臨江仙》數首，用爲起句，後人遂名之曰《庭院深深》。是《庭院深深》爲易安詞別名，如韓淲、張輯別名甚多。但李詞與後蘇體同，不得以鹿詞當之也。《詞律》駁之太甚，殊未確當。本譜別名皆分注各體下，體同則統注首作，使後人知所適從也。說詳《訴衷情》下。

又一體五十九字　馮延巳

秣陵江上多離別句雨晴芳草烟深韻路遥人去馬嘶沉叶青簾斜掛裡句新柳萬枝金叶　隔江何處吹横笛句沙頭驚起雙禽叶徘徊一晌幾般心叶天長烟遠句凝恨獨沾襟叶

前結十字，後結九字，餘同。

又一體五十八字　李煜

櫻桃落盡春歸去句蝶翻輕粉雙飛韻子規啼月小樓西叶玉鉤羅幕句惆悵暮烟垂叶　別巷寂寥人散後句望殘烟草淒迷叶爐香閑裊鳳凰兒叶空持羅帶句回首恨依依叶

《耆舊續聞》：蔡絛《西清詩話》載江南後主《臨江仙》，云圍城中書，其尾不全。以余考之，殆不然。余家藏李後主七拂戒經，又雜書二本，皆作梵葉，中有《臨江仙》塗注數字，未嘗不全。朱彝尊《詞綜》云是詞相傳後主在圍城中賦，未就而城破，缺後三句。劉延仲補云：「何時重聽玉驄嘶，撲簾柳絮，依約夢回時」。而《耆舊續聞》所載，故是全作，當從之。

「暮烟垂」三字，葉《譜》作「捲金泥」。

又一體 五十八字　李煜

庭空客散人歸後句畫堂半掩珠簾韻林風淅淅夜厭厭叶小樓新月句回首自纖纖叶春光鎮在人空老句新愁往恨何窮換平金窗力困起還慵叶二平一聲羌笛句驚起醉怡容叶二平

後段換平韻，與各家異。換頭句平仄亦不同。

又一體 五十八字　徐昌圖

飲散離亭西去句浮生常恨飄蓬韻回頭烟柳漸重重叶淡雲孤雁遠句寒日暮天紅叶今夜畫船何處句潮平淮月朦朧叶酒醒人靜奈愁濃叶殘燈孤枕夢句輕浪五更風叶

前後起句六字，前後結兩五字對偶。

又一體 五十八字　柳永

鳴珂碎撼都門曉句旌幢擁下天人韻馬搖金轡破香塵叶壺漿盈路句歡動一城春叶揚州曾是追游地句酒臺花徑仍存叶鳳簫依舊月中聞叶荆王魂斷句應認嶺頭雲叶

《樂章集》屬仙吕宫。

後起句平仄與各家皆異。「幢」字一作「旗」。「香塵」二字一作「春塵」。「二」字，《汲古》作「帝」。「魂斷」二字，一作「雲散」。今從宋本。

又一體 六十字　一名雁後歸　庭院深深

蘇軾

龍邱子自洛之蜀，載二侍女，戎裝駿馬，至溪山佳處輒留數日，見者以爲異人。後十年築室其岡之北，號曰静庵居士，作此贈之。

細馬遠馱雙侍女句青巾玉帶紅靴韻溪山好處便爲家叶誰知巴峽路句卻見洛陽花叶　面旋落英飛玉蕊句人間春日初斜叶十年不見紫雲車叶龍邱新洞府句鉛鼎養丹砂叶

許氏《詞譜》入北詞仙吕宫。

李清照《庭院深深》詞，即照此填。宋人多用此體，賀方回一首亦同。黄庭堅以「人歸落雁後」句，易名《雁後歸》，見《復齋漫録》。「旋」去聲。

又一體 六十二字

晏幾道

東野亡來無麗句句於君去後少交親韻追思往事好沾巾叶白頭王建在句猶見詠詩人叶　學道

深山空自老句留名千載不干身叶酒筵歌席莫辭頻叶爭如南陌上句占取一年春叶

前後首次兩句皆用七字。

又一體五十六字　趙長卿

夜坐更深，燭盡月明，飲興未闌，再酌，命諸姬唱一詞。

夜久笙簫吹徹句更深星斗還稀叶醉拈裙帶寫新詩叶鎖窗風露句燭炧月明時叶　水調悠揚聲美句幽情彼此心知叶古香烟斷彩雲歸叶滿傾蕉棄句齊唱轉花枝叶

前後起句兩六字，同徐作。兩結句九字，與五代各家同。

又一體五十九字　張孝祥

罨畫樓前初立馬句隔簾笑語相親韻鉛華洗盡見天真叶衫兒輕罩霧句髻子直梳雲叶　翠葉銀絲茉莉句櫻桃淡注香唇叶見人不語解留人叶數杯愁裡酒句兩眼醉時春叶

前起句七字，後起句六字，又一體也。

又一體五十五字

詠柳　　許伯揚

不見隋河堤上柳句綠陰流水依依韻龍舟東下疾於飛叶千條萬葉句濃翠染旌旗叶　記得當年春去也句錦帆不見西歸叶故拋輕絮點人衣叶如將亡國恨句說與路人知叶

見《草堂詩餘》。許共五首，其四兩結皆九字，獨此前結九字，後結十字，與各家異。

瑞鶴仙令六十字

補足李重光詞　　康與之

櫻桃落盡春歸去句蝶翻金粉雙飛韻子規啼恨小樓西叶曲屏朱箔晚句惆悵捲金泥叶　門巷寂寥人去後句望殘烟草低迷叶閑尋舊曲玉生悲叶關山千里恨句雲漢月重規叶

愚按：　圍城中書，其尾不全，語見蔡絛《西清詩話》。想其時全詞尚未傳世，此詞見趙聞禮《陽春白雪》，字句與《耆舊續聞》互異。調名《瑞鶴仙令》，與《瑞鶴仙》及《瑞鶴仙影》皆不合，與蘇軾體正同。《陽春》又有徐似道一首，亦名《瑞鶴仙令》，可見當時有此別名，故附列。

中興樂 四十一字

荳蔻花繁烟艷深韻丁香軟結同心叶翠鬟女句相與共淘金叶　紅蕉葉裡猩猩語換仄鴛鴦浦叶仄鏡中鸞舞叶仄絲雨隔句荔枝陰叶平

《九宮大成》入南詞高大石調引。

或云「女」字、「與」字是換韻，後段叶。愚按：「女」字可換韻，「與」字恐係偶合，未必是藏韻，觀牛詞可知。葉《譜》於「雨」字句叶，非。

又一體 四十二字　一名濕羅衣

牛希濟

池塘暖碧浸晴暉韻濛濛柳絮輕飛叶紅蕊凋來句醉夢還稀叶　春雲空有雁歸叶珠簾垂叶東風寂寞句恨郎抛擲句淚濕羅衣叶

許氏《詞譜》入高大石調。

因詞尾三字立別名。

前結兩四字，句法異。後起六字比前少一字，結句八字比前多二字。通首不換仄韻。

又一體 八十四字

李珣

後庭寂寂日初長韻翩翩蝶舞紅芳叶綉簾垂地句金鴨無香叶誰知春思如狂叶憶蕭郎叶等閑一去句程遥信斷句五嶺三湘叶　休開鸞鏡學宮妝叶可能更理笙簧叶倚屏凝睇句淚落成行叶手尋裙帶鴛鴦叶暗思量叶忍孤前約句教人花貌句虚老風光叶

即牛詞後加一疊。

「寂寂」二字，葉《譜》作「寂寞」。

醉花間 四十一字

深相憶韻莫相憶叶相憶情難極叶銀漢是紅牆句一帶遥相隔叶　金盤珠露滴叶兩岸榆花白叶風摇玉珮清句今夕爲何夕叶

唐教坊曲名。《宋史·樂志》雙調。

又一體四十一字

休相問韻怕相問叶相問還添恨叶春水滿塘生句鸂鶒還相趁叶　昨日雨霏霏句臨明寒一陣叶偏憶戍樓人句久絕邊庭信叶

與前同，只後段平仄異，換頭句不叶。「日」字，一本作「夜」。

又一體五十字　馮延巳

林鶴歸棲撩亂語韻階前還日暮叶屏掩畫堂深句簾捲瀟瀟雨叶　玉人何處去叶鵲喜渾無據叶雙眉愁幾許叶漏聲看卻夜將闌句點寒燈句扃綉户叶

起結句法俱與前二首異。

贊浦子四十二字　浦一作譜

錦帳添香睡句金爐換夕熏韻懶結芙蓉帶句慵拖翡翠裙叶　正是柳夭桃媚句那堪暮雨朝雲叶

宋玉高唐意句裁瓊欲贈君叶

唐教坊曲名《贊普子》。《九宮大成》入南詞小石調引。許《譜》同。調名與詞意不合，不知何解，他無作者。「柳夭桃媚」四字，一本作「桃夭柳媚」。

接賢賓 五十九字

香韉鏤襜五花驄韻值春景初融叶流珠噴沫躞蹀句汗血流紅叶　少年公子能乘馭句金鑣玉轡瓏璁叶爲惜珊瑚鞭不下句驕生百步千蹤叶信穿花叶從拂柳句向九陌追風叶

《九宮大成》入南詞商調引，與本調正曲不同，又入北詞商角隻曲。許《譜》同。「襜」上聲。

集賢賓 一百十六字　柳永

小樓深巷狂游遍句羅綺成叢韻就中堪人屬意句最是蟲蟲叶有畫難描雅態句無花可比芳容叶幾回欲散良宵永句鴛衾暖豆鳳枕香濃叶算得人間天上句惟有兩心同叶　近來雲雨忽西東叶煩惱損情悰叶縱然偷期暗會句長是匆匆叶爭似和鳴偕老句免教斂翠啼紅叶眼前時暫疏歡宴句盟言在豆莫更忡忡叶待作真個宅院句方信有初終叶

《樂章集》屬林鐘商。

與毛詞同，只前段次句兩五句各少一字，兩八句多一字。是因毛詞加一疊衍爲慢曲。《詞律》僅以「接」、「集」二字音相近，未及細勘，今特標出，故類列。《鴛衾》下，汲古《詞律》少「暖」字，「眼前」下缺「時」字，「欲」字作「飲」，「忽」字作「每」、「煩」字作「誚」，「偕」字作「諧」，「莫更」二字作「更莫」。「方」字，一本作「可」，今據宋本訂正。「蟲蟲」二字，宋本作「春風」。

鞓紅六十字

粉香猶嫩句霜寒可慣韻怎奈向豆春心已轉叶玉容別是句一般閑婉叶悄不管豆桃紅杏淺叶月影簾櫳句金堤波面叶漸細細豆春風滿院叶一枝折寄句故人雖遠叶莫輒使豆江南信斷叶

《九宮大成》入北詞仙呂調隻曲。許《譜》入北詞仙呂宮。調見《梅苑》無名氏，《詞律》因之。《尊前集》、《花間集》皆不載。今從《歷代詩餘》。

「鞓紅」乃牡丹名。鞓，音汀，帶革也。宋代製服紅鞓犀帶，蓋以花色如鞓帶之紅耳。

「霜」字，《梅苑》作「衾」，「杏」字作「香」，「堤」字作「瓊」，均誤。「春風」二字作「香風」，「莫輒」二字作「輒莫」亦誤。

贊成功六十二字

海棠未坼句萬點深紅韻香苞緘結一重重叶似含羞態句邀勒春風叶蜂來蝶去句任繞芳叢叶

昨夜微雨句飄灑庭中叶忽聞聲滴井邊桐叶美人驚起句坐聽晨鐘叶快教折取句戴玉瓏璁叶

此調他無作者。可平可仄不應混注。《詞律》每以前後段比較，未確，説詳凡例内。「教」平聲。

相見歡

三十六字　又名烏夜啼　憶真妃　月上瓜洲　上西樓　西樓子　西樓秋夜月

薛昭藴

羅襦綉袂香紅韻畫堂中叶細草平沙蕃馬句小屏風叶　捲羅幕換仄恁妝閣叶仄思無窮叶平暮雨輕烟魂斷句隔簾櫳叶平

唐教坊曲名。《九宫大成》名《秋夜月》，入南詞南吕宫正曲；一名《賞秋月》，又入商調正曲，與八十四字《秋夜月》正調不同。宋人詞改名《烏夜啼》，與《烏夜啼》正調不同。又因南唐後主詞有「無言獨上西樓，月如鈎」句，名《西樓秋夜月》。蔡伸詞名《西樓子》，康與之詞名《憶真妃》，陸游詞名《上西樓》。張輯詞有「漁竿明月上瓜洲」句，名《月上瓜洲》。「幕閣」二字是换仄韻，宋人俱同。「綉」、「細」、「捲」、「暮」可平。「平」、「羅」、「恁」、「妝」、「輕」可仄。「思」去聲。

又一體

三十六字

蔡　伸

樓前流水悠悠韻駐行舟叶滿目寒雲衰草句使人愁叶　多少恨句多少淚句漫遲留叶何似蓦然

拚舍句去來休叶

換頭二句不叶韻。

又一體 三十六字

吳文英

西風先到岩扃韻月朧明叶金露珠啼滴碎句小云屏叶　一顆顆句一星星叶是秋情叶香裂碧窗烟破句醉魂醒叶

後段起句不換仄韻，次句仍叶平韻，與前異。

女冠子 四十一字

求仙去也韻翠鈿金篦盡捨叶入巖巒換平露捲黃羅帔句雲雕白玉冠叶平　野烟溪洞冷句林月石橋寒叶平夜靜松風下句禮天壇叶平

唐教坊曲名。高拭詞注黃鐘宮。《九宮大成》名《小女冠子》，入黃鐘宮引。與北詞大石角隻曲，及南詞南呂宮引並正曲皆不同。

與柳永之《女冠子》長調無涉，故另列。

此調詠女冠，故名，首二句仄叶，下皆用平韻。韋莊一首，起二字用「昨夜」。「夜」字仄，想不拘。「露」字，一本作

「霧」。「去」、「翠」、「露」、「夜」可平。「金」可仄。

離別難八十七字

寶馬曉鞴雕鞍韻羅幃乍別情難叶那堪春景媚換仄送君千萬里叶仄半妝珠翠落豆露華寒叶平紅蠟燭三換仄青絲曲三叶仄偏能勾引淚闌干叶平　良夜促三叶仄香塵緑三叶仄魂欲迷四換平檀眉半斂愁低四叶平未別心先咽五換仄欲語情難說五叶仄出芳草豆路東西四叶平摇袖立六換仄春風急六叶仄櫻花楊柳雨淒淒四叶平

唐教坊曲名。

《樂府雜録》：天后朝，有士人陷冤獄。其妻配入掖庭，善吹觱篥，乃撰此曲，以寄衷情。始名《大郎神》，蓋取良人行第也，遂三易其名，亦名《悲切子》，終號《怨回鶻》。《歷代詩餘》：唐人教坊樂府所傳，皆五言七言绝句。至薛昭蕴始有《離別難》之詞。愚按：白居易有《聽歌六絶句》，其六曰《離別難》，是此名本唐調，而薛昭蘊倚爲新聲也。此與柳永百十二字體不同，凡六換韻，兩換平，四換仄。一本於「出」字分句，誤。

黄鐘樂六十四字

魏承班

池塘烟暖草萋萋韻惆悵閑宵含恨句愁坐思堪迷叶遥想玉人情事遠句音容渾似隔桃溪叶

偏記同歡秋月低叶簾外論心花畔句和醉暗相攜叶何事春來人不見句夢魂長在錦江西叶

唐教坊曲名。《九宮大成》入南詞黄鐘宮正曲，或以宮調立名。

舊譜于「宵」字、「心」字斷句，似不協，今從《詞律》。「人不見」，「人」字葉《譜》作「君」。「思」去聲。

滿宮花 五十一字 一名瑞宮春

雪霏霏句風凜凜韻玉郎何處狂飲叶醉時想得縱風流句羅帳香幃鴛寢叶　春朝秋夜思君甚叶愁見綉屏孤枕叶少年何事負初心句淚滴縷金雙衽叶

《九宮大成》入南詞越調引。

此調不知創自何人，用閉口仄韻甚嚴。《歷代詩餘》注一名《瑞宮春》。

愚按：五代十國前後僅五十餘年，詞人皆屬同時，傳記中無製曲確據者，殊難分晰，僅按時代著録，其先後次序，未爲定衡，閱者諒之。

又一體 五十字　尹鶚

月沉沉句人悄悄韻一炷後庭香裊叶風流帝子不歸來句滿地禁花慵掃叶　離恨多句相見少叶何處醉迷三島叶漏清宮樹子規啼句愁鎖碧窗春曉叶

後段起句六字，同前段，與前作異。「風流帝子」四字，葉《譜》作「草深輦路」，「慵」字作「誰」。

又一體 五十一字

張泌

花正芳句樓似綺韻寂寞上陽宮裡叶鈿籠金鎖睡鴛鴦句簾冷露華珠翠叶　嬌艷輕盈香雪膩叶細雨黃鸝雙起叶東風惆悵欲清明句公子橋邊沉醉叶

此調不知撰人，惟此首有「宮」、「花」字，或即張泌創起歟？前段次句，後段起句，平仄與魏作異，餘同。

秋夜月 八十四字

尹鶚

三秋佳節韻罥晴空句凝碎露句茱萸千結叶菊蕊和烟輕撚句酒浮金屑叶徵雲雨句調絲竹句此時難輟叶歡極豆一片艷歌聲揭叶　黃昏慵別叶炷沉烟句薰綉被句翠帷同歇叶醉並鴛鴦雙枕句暖偎春雪叶語丁寧句情委曲句論心正切叶夜深豆窗透數條斜月叶

蔣氏《九宮譜》注南呂宮。

此調以末句立名，見《尊前集》。

前段結尾，《詞律》於「一片」斷句，其意與後段同，然辭意則不可解矣。照柳詞當於「極」字豆，通首用韻謹嚴，未必是借叶。後段亦當於「深」字豆，辭意乃洽。「輕」字葉《譜》作「細」。

又一體八十二字

柳　永

當初聚散韻便唤作豆無由再逢伊面叶近日來豆不期而會重歡宴叶向尊前豆閑暇裡句斂着眉兒長嘆叶惹起舊愁無限叶　盈盈淚眼叶漫向我耳邊句作萬般幽怨叶奈你自家心下句有事難見叶待音信句真個恁句别無縈絆叶不免收心句共伊長遠叶

《樂章集》屬雙調。

此與尹作微異，當附列。《汲古》、《詞律》落「有」字，據宋本補。

金浮圖九十六字

繁華地韻王孫富貴叶玳瑁筵開句下朝無事叶壓紅裀鳳舞黄金翅叶玉立纖腰句一片揭天歌吹叶滿目綺羅珠翠叶和風淡蕩句偷散沉檀氣叶　堪拚醉叶韶光正媚叶折盡牡丹叶艷迷人意叶縱金張許史應難比叶貪戀歡娱句不覺金烏西墜叶還惜會難别易叶金船更勸句勒住花驄轡叶

此調他無作者。「壓」字、「縱」字是一領七字句也，不得於「裀」字注讀。《詞律》缺「縱」字，謂「金張」上落「便」字，「金烏」下落「西」字，今據屠隆《詞緯》本訂補。「散」字，葉《譜》作「送」。「牡」作平聲。

杏園芳四十五字

嚴妝嫩臉分明韻教人見了關情叶含羞舉步越羅輕叶稱娉婷叶　終朝咫尺窺香閣句迢遥似隔層城叶何時休遣夢相縈叶入雲屏叶

《九宫大成》入北詞仙吕調雙曲。許《譜》入北詞仙吕宫。晚唐只此一首，無他作可證。「縈」字，《詞律》作「迎」，據《花間集》改正。「分明」二字，《詞譜》作「花明」。一本於「嫩」字分句，誤。「教」平聲。「稱」去聲。

撥棹子六十字

風切切韻深秋月叶千朵芙蓉繁艷歇叶小檻細腰無力句空贏得豆目斷魂飛何處説叶　寸心恰似丁香結叶看看瘦盡胸前雪叶偏掛恨豆少年抛擲叶羞睹見豆綉被堆紅閑不徹叶

唐教坊曲名，《九宫大成》名《川撥棹》，入南詞仙吕宫正曲。

此調《花間》未載。《詞律》以「小檻」句上落一「憑」字，《詞律訂》亦云。至所注可平可仄，無據。「秋」字，葉《譜》作「院」。

又一體六十一字

丹臉膩韻雙靨媚叶冠子縷金裝翡翠叶將一朵豆瓊花堪比叶窠窠綉豆鸞鳳衣裳香窣地叶　銀臺蠟燭滴紅淚叶醁酒勸人教半醉叶簾幕外豆月華如水叶特地向豆寶帳顛狂不肯睡叶

第四句比前多一字，此詞各本未載，不知《詞律》録自何本，無從校勘。「教」平聲。

又一體六十一字　　黄庭堅

歸去來韻歸去來叶攜手舊山歸去來叶有人共豆對月尊罍叶横一琴句甚處逍遥不自在换仄叶　閑世界仄叶無利害仄叶何必向豆世間甘幻愛仄叶與君釣豆晚烟寒瀨仄叶蒸白魚稻飯句溪童供筍菜叶仄

此平仄互叶體，前段與尹詞同，但用平韻起，末句仍换仄叶。後起三句兩三一八字，與尹異。末二句當於「飯」字句，然與尹作不合。

又一體 六十一字

黄庭堅

烟姿媚句冰容薄韻芳蘂嫩句隱映新萍池閣叶擷英人去後句清香微綻句透真珠簾幕叶　似無語含情垂彩佩句戲芳陰句洊許纖鱗相托叶西風直須愛惜句看看濃艷句伴秋光零落叶

此調《山谷集》不載，見《歷代詩餘》。與前句調參差各異。前後段亦不同，恐有訛誤。

獻衷心 六十九字　衷一作忠

顧敻

綉鴛鴦枕暖句畫孔雀屏欹韻人悄悄句月明時叶想昔年歡笑句恨今日分離叶銀缸背句銅漏永句阻佳期叶　小爐烟細句虚閣簾垂叶幾多心事句暗地思維叶被嬌娥牽役句魂夢如癡叶金閨裡句山枕上句始應知叶

唐教坊曲名《獻忠心》。

此調不知始於何人，顧詞每用「山枕上」三字，必有命意。

篇中五字句者五，皆一領四字句，勿誤。「欹」字，《詞律》作「高」，失韻，《詞律訂》作「低」。「枕」字，葉《譜》作「帳」。

又一體六十四字　歐陽炯

見好花顔色句争笑東風韻雙臉上句晚妝同叶閉小樓深閣句春景重重叶三五夜句偏有恨句月明中叶情未已句信曾通叶滿衣猶自染檀紅叶恨不如雙燕句飛舞簾櫳叶春欲暮句殘絮盡句柳條空叶

前段次句、六句各四字，比前各少一字。後段起處兩三字句，多二字，第三句七字，比前少五字。

南鄉子三十字　李珣

烟漠漠句雨淒淒韻岸花零落鷓鴣啼叶遠客扁舟臨野渡換仄思鄉處叶仄潮退水平春色暮叶仄

唐教坊曲名。《太和正音譜》注越調，《九宫大成》入北詞越角隻曲。

周密云：李珣、歐陽炯皆蜀人，各製《南鄉子》以志風土，亦竹枝體也。

李有十首，其「遠客」句，四與此同，三首平仄全反，二首拗，想不拘。「岸」可平。「零」、「扁」可仄。

又一體二十八字　歐陽炯

路入南中韻桄榔葉暗蓼花紅叶兩岸人家微雨後叶換仄收紅豆叶仄葉底纖纖抬素手叶仄

起句四字比前少二字，餘同。「葉」、「兩」可平。「桃」、「人」可仄。

又一體 二十七字

歐陽炯

岸遠沙平韻日斜歸路晚霞明叶孔雀自憐金翠尾換仄臨水叶仄認得行人驚不起叶仄

「臨水」句，二字比前少一字，餘同前作。歐凡八首，前體六首，此體二首。

又一體 五十六字

馮延巳

細雨泣秋風韻金鳳花殘滿地紅叶閑蹙黛眉慵不語換仄情緒叶仄寂寞相思知幾許叶仄 玉枕擁孤衾三換平挹恨還同歲月深三叶平簾捲曲房誰共醉四換仄憔悴四叶仄惆悵秦樓彈粉淚四叶仄

此比歐詞加一疊，惟起句用五字，多一字。「挹」字一本作「浥」，「同」字作「聞」。葉《譜》無後段，不知何據。

又一體 五十六字

馮延巳

細雨濕流光韻芳草年年與恨長叶烟鎖鳳樓無限事句茫茫叶鸞鏡鴛衾兩斷腸叶 魂夢任悠

揚叶睡起楊花滿綉牀叶薄倖不來門乍掩句斜陽叶負你殘春淚幾行叶

張先詞屬中吕宫。

通首用平韻，不换仄韻，宋人多用此體。

又一體五十八字

趙長卿

閑立近楚楚窄衣裳韻腰身佔卻句多少風光叶共説春來春去事句淒涼叶懶對菱花暈曉妝叶紅芳叶游蜂戲蝶句誤採真香叶何事不歸巫峽去句思量叶故來塵世斷人腸叶

前後段次句，改用兩四字句，各多一字，餘同馮作，此下二體亦當云攤破也。「佔」字、「戲」字去聲，須着意。後結句與前結平仄異。一本作「故到人間斷客腸」。

又一體五十八字

黄 機

曉色未簾幕悶深沉韻燈暗香消夜正深叶花落畫屏句檐鳴細雨句涔涔叶滴破相思萬里心叶平分叶翠被寒生不自禁叶待得夢成句翻多惡況句堪顰叶飛雁新來也誤人叶

前後段第三句，改用兩四字句，各多一字，餘同馮作。「畫」字、「夢」字，去聲，須着意。

減字南鄉子 五十四字

歐陽修

翠密紅繁韻水國涼生未是寒叶雨打荷花珠不定句輕翻叶冷潑鴛鴦錦翅斑叶　盡日憑闌叶弄蕊拈花仔細看叶偷得裹啼新鑄樣句無端叶藏在紅房艷粉間叶

比歐陽炯詞加一疊。卓珂月《詞統》：前後四字起，名《減字南鄉子》。詞之以「減」字名者，始此。《詞律》只收陸游作，謂宋人始有五十六字體，此在先，不可反以唐調爲減字，大誤。竟不知有馮體二首在陸先。所以云減字者，因馮詞起句五字，而各減一字也。況「細雨濕流光」一詞，著名於時，何考據不詳如是耶。

攤破南鄉子 六十二字

程垓

休賦惜春詩韻留春住豆説與人知叶一年已負東風瘦句説愁説恨句數時數刻句只望歸期叶　莫怪杜鵑啼叶真個也豆喚得人歸叶歸來休恨花開了句梁間燕子句且教知道句人也雙飛叶

此與黄庭堅《促拍醜奴兒》字句平仄無二。各説紛紜，迄無定論。今細按之，前後段兩次句，改上三下四字句法，兩結改九字爲四字三句，如前趙、黄兩作改七字爲八字例，是所謂攤破也。促拍者，促節繁聲，即減字之謂也。此兩詞比《醜奴兒》字數較多，體格句法亦不類，斷不可以《促拍醜奴兒》之名加之也。是黄詞誤寫調名，以致糾纏不清。皆明人刻書校勘不精，職爲亂階耳。餘詳《醜奴兒》下。《詞律》只載黄作於《醜奴兒》下，不收此詞，注云誤名無涉，疏忽甚矣。《詞律訂》與餘説同。一本注：一名《促拍山花子》，渺不相涉，更誤之甚者，不具論。「飛」字，葉《譜》作

「棲」。「住」、「說」、「數」、「只」、「莫」、「也」、「且」可平。「休」、「留」、「梁」、「知」、「人」可仄。「教」去聲。

定風波 六十二字　或加令字　名定風流

志在烟霞慕隱淪韻功成歸看五湖春叶一葉舟中吟復醉換仄雲水叶仄此時方認自由身叶平
花鳥爲鄰鷗作侶三換仄深處叶三仄經年不見市朝人叶平已得希夷微妙旨四換平潛喜叶四仄荷衣蕙
帶絕纖塵叶平

唐教坊曲名。張先詞屬雙調。《九宮大成》入南詞中呂宮引。許《譜》同。
與柳永之長調無涉，宜分列。

此以詞意立名。《花間集》名《定風流》。張先詞加「令」字。平一韻，仄三韻，定格。

又一體 六十三字　　孫光憲

簾拂疏香斷碧絲韻淚衫還滴綉黃鸝叶上國獻書人不在換仄凝黛叶仄晚庭又是落紅時叶平
春日自長自促三換仄翻覆叶三仄年來年去負前期叶平應是秦雲兼楚雨四換仄留住叶四仄向花枝誇
說月中枝叶平

尾句八字，比前多一字，「向」字是襯字。《詞律》謂誤多，不確，並云依《花間》舊刻，今查《花間》無此詞。

又一體六十二字　　蘇軾

好睡慵開莫厭遲韻自憐冰臉不宜時叶偶作小桃紅杏色句閑雅句尚餘孤瘦雪霜姿叶　休把閑心隨物態句何事句酒生微暈隱瑶肌叶詩老不知梅骨在句吟詠句更看緑葉與青枝叶

仄句俱不叶韻，蘇作九首，只此一首不叶。「隱」字，《梅苑》作「沁」，「骨」字作「格」。

又一體六十二字

賦杜鵑花　　辛棄疾

百紫千紅過了春韻杜鵑聲苦不堪聞叶卻解啼教春小住換仄風雨叶仄空山招得海棠魂叶平　恰似蜀宫當日女叶仄無數叶仄無數猩猩血染赭羅巾叶平畢竟花開誰作主叶仄記取叶仄大都花屬惜花人叶平

六仄叶，不換韻。

又一體六十字　　李泳

點點行人趁落暉韻搖搖烟艇出漁磯叶一路水香流不斷換仄零亂叶仄春潮綠浸野薔薇叶平

南去北來愁幾許句登臨懷古欲沾衣叶平試問越王歌舞地三換仄佳麗叶三仄只今惟有鷓鴣啼叶平

後段少次句二字。

又一體六十字　　陳允平

慵拂妝臺懶畫眉韻此情惟有落花知叶流水悠悠春脈脈句閑倚綉屏句獨自立多時叶　有約莫教鶯解語句多愁卻妒燕于飛叶一笑薔薇辜舊約句載酒尋歡句因甚懶支持叶

《九宮大成》入北詞商角隻曲。

後段少次句二字，兩結作九字二句，不换仄韻，通首用平韻。